A lanterna das memórias perdidas

A lanterna das memórias perdidas

Sanaka Hiiragi

Tradução
Leiko Gotoda

3ª edição

Rio de Janeiro | 2024

CIP-BRASIL. CATALOGAÇÃO NA PUBLICAÇÃO
SINDICATO NACIONAL DOS EDITORES DE LIVROS, RJ

H559L Hiiragi, Sanaka
3. ed. A lanterna das memórias perdidas / Sanaka Hiiragi ; tradução Leiko Gotoda. - 3. ed. - Rio de Janeiro : Bertrand Brasil, 2024.

Tradução de: 人生写真館の奇跡
ISBN 978-65-5838-285-0

1. Ficção japonesa. I. Gotoda, Leiko. II. Título.

24-87942 CDD: 895.63
CDU: 82-3(520)

Gabriela Faray Ferreira Lopes - Bibliotecária - CRB-7/6643

Edição original japonesa publicada por Takarajimasha, Inc.
Edição brasileira em acordo com Takarajimasha, Inc,
através da Emily Publishing Company, Ltd.
e Casanovas & Lynch Literary Agency S.L.

Texto revisado segundo o Acordo Ortográfico da Língua Portuguesa de 1990.

EDITORA BERTRAND BRASIL LTDA.
Rua Argentina, 171 — 3º andar — São Cristóvão
20921-380 — Rio de Janeiro — RJ
Tel.: (21) 2585-2000,

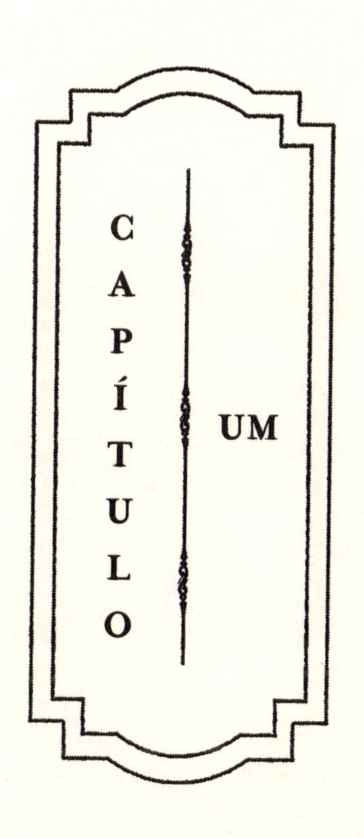

CAPÍTULO UM

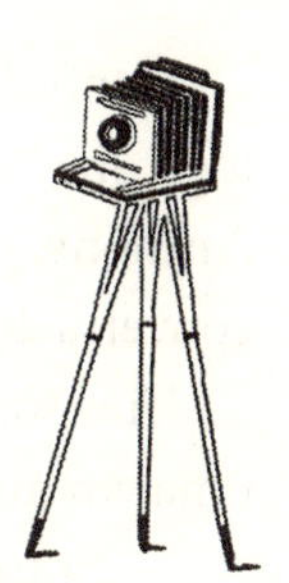

Foto 1: A anciã e o ônibus

Como sempre, o pêndulo e os ponteiros do velho relógio de parede estão parados. Imóvel, Hirasaka apura os ouvidos. Nada se ouve no interior da construção que abriga o estúdio fotográfico, e o silêncio, intenso, parece chiar bem fundo no canal auditivo. Os sapatos de couro afundam no tapete vermelho antigo.

Os dedos tocam de leve as pétalas da genciana azul sobre o balcão da recepção. Ajeitam o ângulo de uma flor.

No fundo do hall de entrada, uma porta sanfonada totalmente aberta deixa à mostra o estúdio. A luz fraca de uma lâmpada revela uma tela cenográfica pendendo do teto e, diante dela, uma única poltrona suntuosa com apoio para braço em apenas um dos lados. Sobre um tripé, uma grande câmera fotográfica de fole. Tanto o tripé quanto a câmera são de madeira maciça. Essa última, em particular, é tão volumosa que um adulto não conseguiria envolvê-la com os braços, não raro provocando comentários admirados de eventuais visitantes: "Olhe só o tamanho dessa câmera! Lembra um caixote de madeira."

Contudo, se a visita é entendida em máquinas fotográficas, logo diz: "Que beleza! Me lembra os velhos tempos... É uma Anthony, não é?" E desse ponto em diante muitas vezes a conversa deriva para uma séria discussão envolvendo câmeras.

Uma sombra cruzou a janela pelo lado de fora e, em seguida, uma voz anunciou:

— Entrega para o sr. Hirasaka! Sr. Hirasaka!

Uma batida, duas rápidas e mais duas lentas soaram à porta em ritmo alegre. Hirasaka a abriu, intrigado com a eterna disposição desse homem que com certeza já repetira inúmeras vezes o mesmo procedimento ao longo dos anos.

Do lado de fora, encontrou o rapaz com uniforme de entregador. O boné estava com a pala voltada para a nuca e, como de costume, o jovem viera empurrando um carrinho de mão. O tamanho do pacote no carrinho impressionou Hirasaka e o fez sorrir.

O uniforme do entregador estampava, na altura do peito, o emblema de um gato e, na etiqueta de identificação, o nome Yama. A cabeça raspada ia bem com a pele queimada de sol.

— Sua próxima visita é uma garota espetacular, sabia? — disse o rapaz segurando a pasta numa das mãos.

— É feio mentir — disse Hirasaka sorrindo enquanto assinava o recibo de entrega.

— Este pacote é pesado demais para eu erguer sozinho. Me ajuda? Pensando bem, faz tempo que não lido com um volume deste tamanho. Sei não, mas acho que aqui tem uns cem anos de fotografias.

Unindo forças, os dois levantaram a encomenda e a colocaram sobre o balcão da recepção. Hirasaka deu-se conta de que o suspiro involuntário que lhe escapara dos lábios diante do peso das fotos não passara despercebido, pois Yama riu e observou:

— Acho que o senhor está começando a mudar de ideia. Chegou a hora de fechar o estúdio, sr. Hirasaka?

— Pois é... Mas acho que vou continuar mais um pouco.

— Muito bem! Este é o Hirasaka, o homem corajoso que eu conheço — disse Yama recolocando o boné, dessa vez com a pala voltada para a frente. — Bem, acho que preciso ir para a próxima entrega. Nós dois temos muito trabalho a fazer todos os dias. Precisamos nos cuidar para não morrer de estafa.

— Morrer de estafa? Ah, mas esse é o tipo de risco que não corremos, tenho certeza.

Yama acenou de leve com a mão em despedida e, com a prancheta debaixo do braço, saiu empurrando o carrinho.

Hirasaka arrumou o ambiente para receber a próxima visitante, Hatsue Yagi. *Que sua partida transcorra a contento, e que a foto saia a seu gosto,* desejou Hirasaka mentalmente. E ainda: *Que algum dia a sorte enfim me sorria e eu consiga encontrar o "alguém" que tanto procuro.*

* * *

— Sra. Yagi. Sra. Hatsue Yagi.

Uma voz masculina chamava.

Ao ouvir um homem falando baixinho seu nome, Hatsue despertou com um sobressalto. *Onde estou*? Sentiu que a tinham deitado num sofá. Viu um teto desconhecido e o rosto apreensivo de um homem a espiá-la.

Perguntou-se se tivera insolação e desmaiara por causa do calor repentino dos últimos dias e, ao vasculhar a memória recente, deu-se conta de que a lembrança lhe vinha vaga, como que envolta em névoa. *Sou Hatsue, tenho noventa e dois anos e nasci no distrito de Toyoshima. Certo, ainda não estou senil... acho.*

Ansiosa, contemplou fixamente o rosto do homem que a espiava. Ela devia conhecê-lo de algum lugar, já que a chamara pelo nome. Mas, quem era ele mesmo? *Ah, ele deve ter visto meu nome nas minhas coisas enquanto estive desmaiada...* Tentou erguer o tronco no sofá ao mesmo tempo que esquadrinhava a memória. Atenta à dor crônica nos quadris, foi aos poucos concentrando a força nas costas. Até que se sentia fisicamente bem para alguém que perdera os sentidos e caíra.

Mas quem é este homem? Até aquele dia, quando alguém a abordava de maneira inesperada na rua, por exemplo, ela sempre se lembrava do nome da pessoa e de onde a conhecia: "Ah, você é fulano, não é?", dizia ela, fazendo surgir um sorriso feliz no rosto da pessoa em questão. *Como é desagradável envelhecer e perder a agilidade mental,* pensou.

— Seja bem-vinda. Eu estava mesmo à sua espera — disse o homem.

Sem saber ao certo se o homem se referia a ela, apontou o dedo para o próprio nariz num gesto indagador, recebendo um aceno de cabeça afirmativo como resposta.

— Sra. Hatsue, certo?

— Sim, quanto a isso...

Lançou um rápido olhar que percorreu o homem de baixo para cima. Ele estava com uma camisa social cinza impecável.

Tinha o ar tranquilo, típico de pastor ou padre. Cabelo bem penteado. De maneira geral, parecia ser uma pessoa boa, mas, ao mesmo tempo, havia algo indescritível em seu aspecto. Não era bonito de arrancar suspiros, mas nem por isso era de se jogar fora. Lembrava — ou não lembrava? — alguém... Seja como for, seu rosto não tinha nenhum traço marcante.

— Sou Hirasaka e trabalho há muito tempo neste estúdio fotográfico — apresentou-se.

Aliás, por falar nisso, não estou vendo minha bengala de estimação. Talvez eu a tenha deixado cair quando perdi os sentidos.

Notando o olhar inquieto de Hatsue percorrendo ora um canto, ora outro do cômodo, Hirasaka começou a explicar:

— Nos fundos, deste lado e à esquerda de quem entra, fica o estúdio, e é lá que tiramos fotos. Podemos tirá-las também no jardim interno. Do lado direito ficam a sala de visitas e o ateliê. Agora vou levá-la para conhecer os cômodos.

Sempre que uma dúvida surgia, ela gostava de esclarecê-la.

Como assim, "eu estava mesmo à sua espera"?

Que poderia querer de mim o dono de um estúdio fotográfico?

Como vim parar aqui, para começo de conversa?

Não me lembro.

— Por favor, venha por aqui — disse Hirasaka, e ela deixou de lado todas as questões que lhe ocupavam a mente e se ergueu com muito cuidado.

Havia muito não andava sem a ajuda da bengala. Pôs a mão no encosto do sofá, apoiando o peso do corpo no braço. Estranhamente, ela se sentia bem, suas costas nem doíam. Andou lentamente atrás do homem, que lhe estendeu a mão com uma expressão apreensiva.

A sala de visitas para onde foi levada transmitia uma sensação de conforto. O sofá de couro bastante gasto estava limpo e lustroso, e a escrivaninha de madeira antiga era agradável aos olhos. *Com certeza não eram fruto de um saudosista rico, mas de alguém capaz de cuidar bem e com carinho das coisas que possuía, algo louvável em uma pessoa tão jovem*, refletiu Hatsue.

No jardim que avistou pelo vidro da janela havia uma pequena lâmpada de brilho discreto iluminando uma lanterna de pedra coberta de musgo e, plantadas em formação harmoniosa, uma cerejeira-chorona e patas-de-cavalo. O conjunto formava um pano de fundo capaz de realçar gloriosamente qualquer modelo usando quimono que por acaso posasse naquele local.

Expostos em uma prateleira a um canto da sala havia uma chaleira elétrica, uma cafeteira com sifão de vidro, xícaras de café e outras miudezas. *Talvez ele seja do tipo que gosta de limpeza*, pensou, pois não viu vestígio de pó em lugar algum. O que atraiu sua atenção foi a caixa grande sobre a escrivaninha.

— Agora vou lhe servir uma xícara de chá — disse Hirasaka, virando-lhe as costas e juntando bule e complementos com os gestos precisos de alguém habituado à tarefa.

Hatsue tomou coragem e resolveu fazer perguntas para as costas do homem em pé diante de si.

— Hum, com licença...

Ao ouvir a voz dela, Hirasaka se virou.

— Quero lhe fazer uma pergunta e, se ela lhe soar estranha, peço desculpas desde já.

— Claro — disse Hirasaka, esperando que ela prosseguisse.

— Hum... Por acaso eu morri?

— Sim, há alguns instantes. Normalmente, começo explicando esse fato, mas algumas poucas pessoas percebem por conta própria.

A resposta soou tão natural que Hatsue sentiu um turbilhão de emoções: alívio, perplexidade e até uma certa satisfação pelo elogio à sua perspicácia, claramente implícito nas palavras de Hirasaka.

O chá estava do jeito que ela gostava, nem forte demais nem muito fraco.

Se ela havia morrido, seu aspecto deveria ser outro, isto é, o de alguém indiscutivelmente morto, conforme sempre imaginara. Por exemplo, um pedaço de pano triangular deveria estar colado à sua testa, e seu corpo, translúcido. Mas os pés continuavam firmes no chão! A sensação da xícara em suas mãos, o gosto do chá, nada havia mudado.

Hirasaka sentou-se na poltrona diante dela e observou-a com atenção.

Com os pensamentos em turbilhão, Hatsue disse:

— Mas... veja bem. Sempre imaginei que, quando eu fosse para o além, alguém muito próximo a mim, como meu pai, minha mãe ou meu marido, viria me buscar, entende?

No entanto, e contrariando todas as suas expectativas, fora esse tal Hirasaka, homem que ela nunca vira antes, que aparecera para buscá-la... Seu rosto talvez refletisse um pouco da tristeza que lhe ia no íntimo, pois Hirasaka apressou-se a explicar:

— Não, não. Este local é uma espécie de ponto de passagem.

Em silêncio, Hatsue pensou um pouco e disse em seguida:

— Então me diga: por acaso, seu nome, Hirasaka, tem a ver com Yomotsu Hirasaka, a ladeira que a divindade Izanagi percorreu para voltar do mundo dos mortos para o mundo real, segundo consta no livro *Kojiki: Registro de fatos antigos*?

Hirasaka pareceu surpreso com a pergunta. De acordo com esse livro, Yomotsu Hirasaka era realmente o nome de uma ladeira existente entre dois mundos, aquele onde moram os mortos e o dos vivos.

— Seu conhecimento é admirável!

Ela sempre gostara de ler e era curiosa por natureza, de modo que possuía bom nível cultural. *Meu cérebro não enferrujou ainda,* pensou, com um toque de orgulho.

— Pois é exatamente isso. Agora ficou mais fácil explicar. Este local aqui se situa bem na linha divisória entre a vida e a morte.

— E você foi designado para vir me buscar.

— Exato, embora ainda estejamos no meio do caminho.

— Quer dizer que isto aqui ainda não é o além?

— Não, senhora.

— E o senhor tem alguma relação com a divindade Enma? Com algum deus? Um buda? É algum santo?... Mas para ser santo...

A aparência calma e sorridente de Hirasaka instigou seu humor ácido e quase a fez dizer: "Para ser um santo lhe falta muito." *Por exemplo, seu jeito de tomar chá nada mais é que o de um ser humano qualquer.*

— Sou um simples guia. Faço o possível para não provocar um choque muito forte nas pessoas, pois se digo, de repente, “você acabou de morrer”, muita gente desanda a chorar, ou fica muito arrasada e se desespera, entende? Eis por que este estúdio fotográfico foi criado de modo a manter um aspecto semelhante ao da vida real.

Hatsue passeou o olhar ao redor. Era realmente um estúdio fotográfico, não havia o que negar. *Tem razão*, pensou, *se de repente eu me visse arrastada à presença de Enma Daiou, o rei das trevas, na certa ficaria tão apavorada que tremeria como vara verde e não seria capaz de dizer coisa alguma.*

— E por essa mesma razão, a roupa que a senhora está usando agora é a do seu dia a dia. Essa aparência familiar tem por objetivo fazê-la pensar: esta sou eu, com certeza.

— Gostei de estar curada da dor crônica na coluna — disse ela, balançando a perna direita.

Satisfeito, Hirasaka concordou com um breve aceno de cabeça.

— Além disso, se alguém correr por aqui, vai suar e perder o fôlego. Isso acontece porque as pessoas conservam intactas as sensações físicas de quando eram vivas.

Hatsue experimentou abrir e fechar as mãos.

Era verdade, nada mudara em comparação com os dias em que ainda era viva. Não conseguia acreditar que seu corpo físico já não existia.

— Mas agora eu vou embora daqui para outro lugar, não vou? Ou seja, para o lugar que se convencionou chamar de além?

Se tinha de ir de qualquer modo, ela queria ao menos saber o que lhe aconteceria daquele ponto em diante. Era inquietante não saber nada.

— Exatamente. Mas, antes disso, eu gostaria que a senhora fizesse uma coisa.

Fazer o quê?

Hirasaka remexeu o conteúdo da caixa grande sobre a escrivaninha. De seu interior, tirou maços de algo que lhe pareceu ser algum tipo de documento. Cada maço vinha envolto em papel branco. Eram maços e maços — tantos, que ele não conseguia segurá-los com uma só mão —, surgindo uns após outros do fundo da caixa.

— O que são essas coisas? E, por falar nisso, você tem óculos para presbiopia? Sem eles, não enxergo nada.

— Pois eu acho que a senhora será capaz de ver mesmo sem eles — respondeu Hirasaka. — Experimente concentrar a atenção em sua mão.

Ela concentrou o olhar em sua mão conforme sugestão dele e descobriu que seu olho era capaz de ajustar o foco e enxergar com nitidez e sem esforço. Há muito ela não via a olho nu aqueles pequenos detalhes que tinha diante de si.

— Oh! — exclamou Hatsue, contemplando os maços junto à mão.

Eram fotos. Em espantosa quantidade. Quem as teria tirado? Da praça perto da casa onde nascera e vivera na infância, dos pais ainda jovens, tantas, tantas fotos! O tamanho, um pouco maior que o usual, facilitava o trabalho de examiná-las.

— Estas são as fotos da sua vida. Uma para cada dia, e trezentas e sessenta e cinco para cada ano. E como há fotos para cada um dos seus noventa e dois anos, a quantidade total é espantosa — explicou Hirasaka.

Hatsue foi virando as fotos uma a uma. E a cada vez lembrava-se de coisas que esquecera fazia muito tempo. Dos olhos-brancos que costumavam pousar no pé de caqui ao lado do portão da casa onde nascera. Do velho caixote de madeira para a garrafa de leite. Da luz que passava pela treliça ao lado da porta de entrada e produzia um bonito padrão listrado.

— Olhe com cuidado uma por uma, pois há tempo de sobra. Vou lhe pedir que escolha, dentre elas, noventa e duas fotografias, uma para cada ano de sua vida. A senhora tem toda a liberdade para escolher as que mais lhe agradarem.

— Escolher?

Hatsue estranhou.

Hirasaka abriu a porta à sua direita e lhe mostrou uma bancada de trabalho sobre a qual havia uma estrutura de madeira. No centro, via-se um objeto semelhante a um prato, que talvez servisse para apoiar alguma coisa, e quatro colunas a sustentá-lo. A base do conjunto era robusta. Viu também algumas varetas que pareciam ser de bambu, cuja finalidade a intrigou, e também um mecanismo que lembrava uma ventoinha. A madeira da estrutura apresentava sua cor natural, indicando que o conjunto ainda seria trabalhado.

— Quero que a senhora escolha as fotografias que serão usadas para compor um caleidoscópio.

Hatsue se deteve por alguns instantes.

— Como é? Caleidoscópio não é o que as pessoas veem momentos antes de partirem para o além?

— Exatamente.

— Quer dizer que aquilo resulta de escolhas pessoais?

Hirasaka apanhou uma parte da estrutura de madeira.

— Isso mesmo. Aqui costumamos pedir que escolham as fotos que lhes agradam.

— As imagens dos caleidoscópios são escolhidas pela própria pessoa! Ora, quem diria... — murmurou Hatsue, perplexa.

— Com noventa e duas fotos em sua composição, tenho certeza de que o seu será magnífico, algo digno de ser visto. Estou ansioso por mostrá-lo.

Caleidoscópio é um artefato óptico giratório que produz imagens por reflexão, e algumas pessoas que passaram por uma experiência de quase morte dizem, ao recobrar a consciência, que viram a vida desfilar diante dos olhos em sucessão caleidoscópica. Hatsue, porém, nunca imaginara que ela mesma fosse construir uma dessas engenhocas para si.

— Mas é isso que as pessoas que quase morreram costumam dizer que viram...

— É verdade, embora a porcentagem de indivíduos que aqui estiveram e depois voltaram à vida seja quase nula. Acredito, porém, que essas raras exceções se esquecem que aqui estiveram e que escolheram as fotos. Pode ser que elas tenham apenas guardado na memória uma vaga lembrança das imagens produzidas por esse aparelho. Agora, veja este cômodo.

Assim dizendo, Hirasaka saiu da sala de visitas e abriu a porta à sua frente.

Era uma sala de brancura total com uma poltrona de aspecto aconchegante posta no centro. Aquele recinto quadrado com piso e poltrona também brancos trazia à imaginação uma obra de arte. A porta na parede à direita parecia indicar que havia uma conexão com o exterior.

— Nesta saleta realizaremos nossa última tarefa, a de acender a luz que produzirá os reflexos do caleidoscópio. Como espectador, somente a senhora. Contudo, na qualidade de montador do mecanismo, gostaria de assistir também, caso a senhora não se oponha.

Caleidoscópio. Aquela engenhoca giratória de figuras translúcidas. O que ela vira na infância tinha a tela interna em papel japonês, *washi*, com recortes de flores que giravam lentamente, projetando suas cores vermelhas e amarelas, lembrou-se Hatsue.

— Ah, entendi. Quer dizer que, quando a gente morre, não atravessa simplesmente o Rio da Morte e, pronto, já está no além.

— Não mesmo. Se quiser uma definição, o que acontece aqui é um rito de passagem que nos proporciona a oportunidade de contemplar pela última vez nossa vida.

Aproveitando o ensejo, Hatsue resolveu esclarecer mais algumas questões que a vinham incomodando.

— Se este é apenas um ponto de passagem, o que vai acontecer comigo depois?

Hirasaka desviou o olhar, fixando-o em sua própria mão, e só depois voltou-se para Hatsue. Parecia estar com dificuldade de explicar.

— Sinto muito, mas eu também não sei o que acontece daqui em diante, a não ser por boatos, pois nunca fui além deste ponto. Não houve ninguém, mas ninguém mesmo, que tenha ido para o outro lado e retornado.

Nesse caso, como seria o mundo do além, perguntou-se ela, preocupada. *Talvez a gente desapareça sem deixar rastros e se transforme em nada.*

— Ouvi dizer que almas que foram para o além renascem e retornam a este mundo — disse Hirasaka.

Quando voltaram à sala de visitas, Hirasaka lhes serviu um chá. Ele levou a xícara aos lábios e ela também, em movimentos sincronizados.

Enquanto bebia o chá, Hatsue pensou:

Se esta sensação de agradável quentura do chá em minha língua, assim como todas as demais sensações, for esquecida, se todo e qualquer conhecimento se apagar... talvez esse seja o verdadeiro significado de morrer.

Hirasaka na certa percebeu a expressão de insegurança que aflorou no rosto de Hatsue, pois disse em tom animador:

— Mesmo que a senhora vá para o além, acho que esse ser chamado "Hatsue" não desaparecerá por completo. Pois é certo que, geração após geração, a alma guarda memórias adormecidas em suas profundezas. Veja, por exemplo... — murmurou Hirasaka hesitante, tendo em seguida uma ideia: — Nunca lhe aconteceu de se encontrar com uma pessoa desconhecida e sentir que já a viu em algum lugar? Ou de ir a um local a que nunca tinha ido antes e se sentir nostálgica, como se já houvesse estado ali?

— Sim, sim — respondeu Hatsue. — E, por falar nisso, saiba que eu tive a impressão de já conhecer este lugar.

Hirasaka sorriu e disse:

— Talvez essa seja uma das memórias adormecidas no fundo de sua alma. Mas, quando a pessoa morre deixando para trás um trabalho inacabado, ou sentindo imenso remorso ou forte apego por algo ou alguém, sua alma não consegue seguir para o além. Nessas circunstâncias, como única opção, ela tem de permanecer para sempre no mesmo lugar.

Hatsue concordou com um aceno de cabeça.

— Resumindo, o que eu tenho de fazer agora é escolher as noventa e duas fotos correspondentes aos meus anos de vida e construir um caleidoscópio em sua companhia, certo? Em seguida, enquanto aprecio o resultado do nosso trabalho, parto para o além.

Mais uma tarefa a concluir, pensou Hatsue. *Mesmo depois de morta, o trabalho continua.*

— Bem, a verdade é que, por mais poderosa ou rica que seja a pessoa, tudo que ela possui ao chegar aqui são apenas recordações.

Hatsue contemplou a enorme montanha de fotos à sua frente. Para examinar todas elas, uma a uma, quanto tempo levaria?

— Construir um caleidoscópio manualmente nestes tempos de computadores e *smartphones*... é, no mínimo, inusitado.

Para Hatsue, era realmente inesperado ter de escolher fotos, e não filmes ou vídeos, depois de morta.

Hirasaka apanhou uma foto no meio da pilha e disse:

— Vamos então selecionar esta foto que tem relação com a sua vida. A senhora se lembra onde ela foi tirada?

A fotografia que lhe foi entregue era de uma ladeira.

— Aah...

Ela se lembrou.

A foto capturara um extenso arrozal que se perdia no horizonte e uma ladeira no centro. O vento zunia e os cachos de arroz ondulavam...

Correu ladeira abaixo e sentiu o suor escorrer por suas têmporas. Cheiro seco do vento. Gosto de sal nos lábios. Uma garça-branca levanta voo assustada, lá onde o olhar incidiu.

Contra o céu azul, a ave vai aos poucos se apequenando até se transformar num ponto branco. Acompanhou o voo da ave até desaparecer, e então, de repente, a manga do quimono moveu-se com ondulações e o vento sibilou mais alto.

Lembrou-se. Naqueles dias distantes, ela era ainda uma menininha e os verões eram tão longos que pareciam infindáveis. O vigor brotava por todo o corpo e ela sentia que seria capaz de continuar correndo ladeira abaixo e nunca mais parar.

— Lembrou-se?

— Lembrei. Lembrei-me de tudo. É verdade, essa ladeira que corta o arrozal era percorrida para irmos à cidade vizinha. Eu... eu gostava desse lugar.

No instante em que pegara a foto nas mãos, lembranças e sensações haviam surgido.

— Tinha tudo isso guardado na mente até agora?

— Não, eu já havia esquecido por completo. Até da existência dessa ladeira. Hoje, essa área inteira está reformada e se transformou em rua de bairro residencial.

Hirasaka também pegou a foto nas mãos e examinou-a fixamente.

— Bela paisagem.

— Pena que não exista mais.

Hirasaka devolveu a foto com um gesto delicado.

— Fico olhando para esta foto e começo a me lembrar de fatos passados, de coisas que aconteceram naquele tempo.

Hatsue olhava a foto com atenção, sem nem piscar. O exame cuidadoso a fez perceber que havia granulações ásperas semelhantes a pequenos pontos coloridos. Formavam um simples aglomerado de cores naquele pedaço de papel quadrado, mas nele sentia sons, brisa, sensações, emoções e até o ar de uma época. Perguntou-se em que lugar desses minúsculos pontos teriam sido armazenadas tantas informações.

— Realmente, há uma força invisível nas fotografias — disse Hirasaka com voz calma.

Imóvel, Hatsue ainda contemplava a foto. Era apenas o retrato de uma vereda interiorana, sem ambição artística aparente. Contudo, se a paisagem se perdia, conforme acontecera, ela passava a existir apenas no interior da foto. O valor daquele registro pareceu agora inestimável para Hatsue.

Estimulada por Hirasaka, ela decidiu dedicar-se à escolha das fotografias. Retirando uma a uma do maço, começou a separá-las. Fácil falar, mas, na realidade, o trabalho não rendia porque ela se perdia na contemplação de cada uma.

Virando-as com cuidado, ela se deu conta de que vinha esquecendo muita coisa. Sua memória não registrara sequer o fato de que vinha esquecendo, é claro. Até ver a foto, não se lembrava da existência ou das circunstâncias em torno do objeto retratado, mas bastava vê-la para que inúmeros detalhes lhe ocorressem.

E, durante todo o tempo, Hirasaka esteve ao lado dela, mantendo uma distância conveniente, nem tão perto a ponto de perturbar sua atividade, nem tão longe que o impedisse de acudir com rapidez caso ela quisesse esclarecer alguma dúvida. Sem nunca se descuidar dela e com a porta do ateliê aberta, ele levava adiante o trabalho de compor a estrutura do caleidoscópio. O mecanismo, bastante complexo pela necessidade de projetar noventa e duas fotos, possivelmente alcançaria um tamanho impressionante quando acabado. De fato, o impacto de noventa e duas fotos era respeitável.

Ver e escolher era um trabalho cansativo, e imaginar que teria de verificar cada uma das fotos contidas nos maços que enchiam a caixa, sem deixar escapar nenhuma, desanimou-a.

Quando terminou de examinar em ordem cronológica até os sete anos, Hirasaka lhe perguntou, apontando um maço:

— Estas são as fotos que escolheu?

— Pensei em separar algumas provisoriamente e, mais tarde, escolher noventa e duas dentre elas. Mas, como são muitas, estou começando a desanimar.

— Avise-me quando sentir necessidade de fazer uma pausa. O trabalho não deve lhe causar cansaço físico, mas acredito que seja espiritualmente cansativo.

Ao ser questionada por ele se podia ver as fotos escolhidas, Hatsue concordou com entusiasmo.

— Estes são seus pais, não são? Eles me parecem gentis.

O pai usava colete e aparecia em pé ao lado da mãe, de quimono e avental. Talvez houvesse ameaça de chuva nesse dia, pois o pai segurava um guarda-chuva na mão esquerda. A mãe carregava um cesto. *Ah, é verdade, naqueles tempos, as mulheres saíam às compras levando esses cestos feitos com tiras de bambu trançadas.*

— E estes são seus amiguinhos que moravam em casas da vizinhança, não são?

A menina que sorria exibindo com orgulho a falha na carreira de dentes era Mii-chan, moradora de uma casa próxima, e os meninos que apareciam atrás juntando as cabeças raspadas eram os três irmãos da família Tagawa. A barra das calças curtas estava puída. Dava também para se notar remendos aqui e ali. Roupas passadas do irmão maior para o menor e assim sucessivamente por três vezes não eram raridades. Antigamente, quase tudo era passado adiante, desde roupa até material escolar.

— Pois é. No meio da garotada daqueles tempos, quem corria e nadava mais rápido era eu, e também a que sempre ganhava numa briga. Era eu que saía dando uma lição nos valentões da rua. "Se continuar desse jeito, ninguém vai querer se casar com você!", reclamavam meus pais. Na época, eu não achava que havia muita sujeira, mas veja as roupas e o cabelo de todas essas crianças. Estão bem sujinhos — disse Hatsue, fazendo Hirasaka sorrir. — Pensando bem, eu realmente esqueci tanta coisa! Eu tinha a impressão de que vinha guardando tudo na cabeça, mas percebi que, com o passar do tempo, fui esquecendo diversas coisas. Tanto que fiquei agora contemplando o rosto de meus pais como se nunca os tivesse visto.

O meu livro de gravuras preferido e a latinha que eu guardava com tanto zelo... haviam escapado por completo da minha memória. Se eu não me lembrasse deles, seria como se não tivessem existido.

— Isso acontece. A vida é também uma jornada em que vamos abandonando recordações enquanto prosseguimos.

Passados alguns instantes, Hirasaka lhe ofereceu discretamente um chá que trazia em uma bandeja. O vapor subia do chá e, ao lado da xícara, havia guloseimas japonesas como acompanhamento. O doce de feijão azuki, *yōkan*, era o preferido de Hatsue.

A princípio, ela teve dúvidas quanto a essa tarefa de escolher fotos, mas, pensando bem, recolher lembranças esquecidas e juntá-las para construir algo concreto — o caleidoscópio — era, afinal, um trabalho digno de ser qualificado como o último de uma vida.

Bebeu o chá que acabara de lhe ser servido. Provou também uma fatia do doce *yōkan*.

— Muito obrigada. Eu gostava muito deste doce.

— Fico feliz por ter agradado.

— Tem certeza de que pode dedicar esse tempo todo só para mim?

— Não se preocupe nem com o tempo nem comigo. Além do mais, gosto de ver as pessoas se debruçando com olhar nostálgico sobre o próprio passado.

Hirasaka também tomou um gole de seu chá.

Enquanto contemplava o perfil do homem à sua frente, Hatsue pensou em lhe perguntar algo que a vinha intrigando.

— Sei que este é o seu trabalho, mas, afinal, você é humano? Talvez seja grosseria da minha parte perguntar isso, mas...

Aconchegando a xícara nas mãos, Hirasaka sorriu de leve.

— Não sou nenhum tipo de divindade. Cumpro esta missão há algum tempo e já fui um ser humano no mundo real. Do mesmo jeito que a senhora.

Ora essa, pensou Hatsue. *Que tipo de vida ele teria levado?* Era discreto e não demonstrava suas emoções com clareza, características que o tornavam um pouco diferente de um funcionário de uma empresa comercial, por exemplo.

— Espere, deixe-me adivinhar. Você trabalhou em galeria de arte ou museu, ou em alguma profissão desse ramo? Ah, e como isto aqui é um estúdio fotográfico, você trabalhou nisso?

— Não...

— Então foi funcionário de alguma empresa? Onde você morava? Em Tóquio? Seu jeito de falar é de Tóquio. Seja como for, você é da área de Kantō, não é?

— Pois é... — disse Hirasaka, que, embora continuasse a sorrir, pareceu levemente perturbado.

Talvez haja assuntos em que ele prefira não tocar. Depois de velha, peguei o hábito de me intrometer na vida dos outros sem pensar direito, e isso não está certo.

Tentando quebrar o silêncio constrangido que se seguiu, Hatsue disse, depressa:

— Ah, é verdade, queria lhe falar a respeito deste maço.

Sua mão resvalou, e algumas fotos de uma pilha à beira da mesa foram ao chão.

Um leque multicolorido se abriu sobre o piso atapetado.

— Oh! — exclamou Hatsue, mas, enquanto estendia a mão tentando apanhá-las, Hirasaka já as tinha recolhido rapidamente e devolvido à mesa.

A primeira foto da pilha era de um velho ônibus interiorano.

— Olhe só este ônibus! Desperta em mim tantas recordações... — murmurou Hatsue num monólogo involuntário.

Além dessa, havia mais algumas de ônibus. Hirasaka pareceu tê-las notado enquanto ajeitava a pilha, pois indagou:

— Pelo que vejo, a senhora gostava de ônibus. Por acaso trabalhou numa empresa de coletivos?

— Nada disso. Meu trabalho nada tinha a ver com ônibus.

— Ah, sei — disse Hirasaka. — É que são tantas as fotos de ônibus que eu tive certeza de que seu trabalho era relacionado com o transporte coletivo.

— Hum... — fez Hatsue, refletindo. — Mas, pensando bem, talvez se possa dizer que meu trabalho teve algo a ver com ônibus. E depois eu trabalhei no interior de um deles.

Enquanto falava, Hatsue havia apanhado uma foto de maneira quase inconsciente.

— Ah, esta...

Dentre as fotografias de ônibus à sua frente, a que mais queria ver não estava com boa qualidade. Inexplicavelmente, a imagem da que tinha nas mãos havia perdido a cor, impossibilitando sua visualização. Apertando os olhos, até conseguia perceber vagos contornos, mas, além da lama no chão e dos pés de diversas pessoas reunidas, todo o resto era um borrão branco.

— Veja, Hirasaka, esta era uma que eu queria muito rever, mas ela perdeu a cor. Só esta estragou...

— Que pena! As fotos recuperáveis foram todas restauradas ou retocadas na medida do possível, mas parece-me que não houve jeito de salvar esta em particular. Se um retrato, ao contrário daquele que é guardado em algum lugar e esquecido, é o preferido de uma pessoa, que o manuseia de maneira contínua ou o enquadra para enfeitar um canto da sala, a imagem tende a descolorir e a danificar. E quanto mais a pessoa o examina, mais ele estraga. O mesmo acontece com as lembranças. Quando nos são preciosas, elas nos vêm à memória por qualquer motivo, mas, com o passar do tempo, não conseguimos mais nos lembrar de todos os pequenos detalhes.

— Entendi... — disse Hatsue, desanimada. *Mais uma vez, apenas mais uma, eu gostaria de ver aquela cena com todos os detalhes.*

Ainda contemplando a imagem do ônibus, Hatsue começou a explicar:

— Sabe, esta foto é do *Dia do Ônibus*, uma data comemorativa muito importante para mim. Eu devia ter uns vinte e três anos de idade. Ou seja...

Hirasaka fez um rápido cálculo mental e disse:

— De 1949.

— Obrigada — agradeceu Hatsue sorrindo. — Nunca vou me esquecer desse dia, 4 de julho...

Permaneceu pensativa por instantes.

— Ah, quer dizer que foi em 1949... De lá para cá, quanto tempo se passou! É natural, claro, que eu tenha envelhecido e morrido.

Hirasaka parecia estar anotando numa caderneta a data que Hatsue acabara de mencionar.

— Pois não se preocupe. Esta foto quase apagada poderá ser recuperada.

— De que jeito? Você tem aí o negativo ou algo parecido?

— Não — respondeu Hirasaka.

Restaurar como, se nem o negativo ele tem?

Cuidadosamente, sem tocar na superfície, Hirasaka apanhou a foto apagada.

A explicação que Hirasaka deu em seguida foi um tanto inesperada:

— Vamos reproduzi-la fotografando esta cena mais uma vez, no mesmo local e na mesma hora.

— Mas de que maneira?

— Embora seja apenas por um dia, vamos voltar ao passado para tornar a bater esta foto. E levando sua câmera predileta.

Hirasaka se levantou e, abrindo a porta a um canto do cômodo branco, indicou a parte de dentro.

— Acho bom a senhora examinar tudo isto. Aproxime-se, por favor. Este é o nosso depósito de equipamentos.

Hatsue espiou o interior e se espantou. Nas estantes que iam até o teto enfileiravam-se máquinas fotográficas, umas coladas às outras, quase sem deixar espaço entre si. *Uma, duas, três, quatro* — contou ela, assim tomando ciência de que havia ao todo onze prateleiras. A superior só poderia ser alcançada com a ajuda de uma escada. A quantidade de objetos que sua visão registrou exerceu uma pressão brutal sobre ela e quase a paralisou por instantes.

— Entre, por favor.

Ao examinar de perto, ela notou que a prateleira inferior comportava uma fileira das saudosas câmeras grandes semelhantes a caixas de madeira e, ao lado, tubos de cobre — lentes, talvez? — brilhavam silenciosamente. Na prateleira logo acima, outros aparelhos de formato antiquado, também semelhantes a caixas de madeira providas de duas lentes, alinhavam-se compactamente. E, conforme transferia o olhar para cima, prateleira após prateleira, sentiu um grande desânimo invadi-la. Havia lido em algum lugar que, quando a hora da morte se aproxima, um elefante se afasta da manada silenciosamente e espera seu momento final no cemitério dos elefantes, em meio aos ossos de companheiros mortos. Pois aquela área lhe pareceu um cemitério de câmeras.

De todo modo, a quantidade de máquinas fotográficas ali coletadas era impressionante. Havia também uma escada que descia ao subsolo, onde lhe pareceu haver ainda outro enorme depósito similar.

— Temos aqui armazenadas câmeras e lentes de todos os tipos e de todas as procedências. Modelos digitais em voga nos dias atuais, incluindo os de última geração. Use qualquer um que lhe agradar.

— Isto mais parece um museu...

— É que às vezes nos acontece de ter aqui pessoas muito determinadas que insistem em pedir este ou aquele modelo específico de máquina, combinado com esta ou aquela lente, alegando que a composição tem de ser ideal, já que seria a última foto que tirariam nesta vida — explicou Hirasaka com um sorriso constrangido.

— Mas esse não será o meu caso. Nem sei o que fazer com todas essas opções. Não entendo muito disso — falou Hatsue.

Como precisava escolher alguma, Hatsue pegou uma câmera qualquer e logo descobriu que era uma digital de uso profissional cujo funcionamento lhe escapava por completo. O aparelho era mais pesado do que parecia e se acomodou em suas mãos. Na certa apertara algum botão sem perceber, pois a máquina disparou uma rápida sequência de estalos abafados que a alarmaram. Hirasaka tomou a câmera de suas mãos e a devolveu à prateleira.

— Como regra geral, não sou eu, o guia, quem clica a foto, isso tem de ser feito pessoalmente pela senhora. Vamos falar agora a respeito de suas preferências, mas, não se preocupe, eu a ajudarei na escolha da máquina. Acharemos uma adequada ao seu gosto.

Hatsue suspirou, aliviada.

— Agora nós dois retornaremos para um certo dia do seu passado, muito embora nossa presença fique restrita às proximidades do local onde a foto original foi tirada. Neste momento, porém, somos espíritos retornando ao passado, de modo que as pessoas que a senhora irá encontrar por lá não conseguirão vê-la. Ou seja, a senhora não poderá tocar nem conversar com ninguém. O que podemos fazer é apenas ir, ver, tirar a foto e voltar para cá — explicou Hirasaka.

— Apenas ver? Quer dizer que não posso conversar com meu pai ou com minha mãe? Mas isso é triste...

Hatsue lembrou-se então da máquina digital de uso profissional que tivera nas mãos havia pouco.

— Esses modelos mais recentes têm uma porção de botões e parecem difíceis de manipular. E eu nunca tirei foto de nada que fosse tão significativo... Será que consigo fotografar direito a cena? — perguntou Hatsue em tom apreensivo, o que levou Hirasaka a sorrir e dizer:

— Na verdade, eu mesmo não entendo bem de câmeras. Mas aprendi muito com as pessoas que passaram por aqui.

— Ora essa. Quer dizer que as pessoas que vêm para cá é que lhe ensinam?

— Por mais surpreendente que lhe possa parecer, muita gente gosta de ensinar. E não consegue parar de ensinar.

Hatsue riu.

— E isso depois de mortas...

— Pois é. Seja como for, sou grato. Afinal, aprendo com isso, não é? — disse Hirasaka, encaminhando-se para o depósito de equipamentos. — Muito bem, retomando a questão da câmera a ser levada: o que acha deste modelo? — perguntou ele, apresentando uma máquina pequena.

— Oh! — exclamou Hatsue sem querer. — É essa, é essa. Eu me lembro! Que saudade!

Ela já vira essa câmera. Achava que era da marca Canon, mas não tinha certeza.

— Fico feliz por ter acertado. Escolhi esta câmera porque a vi num canto da foto que estávamos examinando há pouco e imaginei que a senhora talvez a conhecesse. É uma Canon Autoboy. Pode pegar. Lembra-se de como se tira foto com ela?

Hatsue pegou-a nas mãos e tocou aqui e ali.

— Acho que me lembro um pouco, mas muita coisa já me escapou. Era para introduzir um filme, não era?

— Pode deixar o filme por minha conta. Para clicar, vejamos... Está vendo este botão aqui? É o obturador — disse Hirasaka indicando a peça. — Aperte-o para baixo, mas só até o meio.

Ao ver Hatsue acenar em sinal de compreensão, Hirasaka continuou:

— Ao apertá-lo até o meio, a lente vai se mover automaticamente para ajustar o foco. Esta máquina é eficiente, e ouvi dizer que, antigamente, muitos fotógrafos profissionais a usavam como câmera auxiliar. É leve e não falha, ou seja, é muito boa.

Hatsue ficou algum tempo espiando pelo visor e testando o funcionamento. Aos poucos, sua intuição pareceu ressurgir.

— Levinha deste jeito, é também ideal para uma viagem no tempo, não é? — disse Hatsue.

Hirasaka concordou com um meneio de cabeça, acrescentando:

— Desejo fervorosamente que essa viagem lhe seja proveitosa.

— Você teria aí algo como uma cordinha para levar a máquina no pescoço?

Hirasaka abriu uma porta da estante e começou a vasculhar seu interior, perguntando:

— Alguma preferência de cor?

— Azul — disse Hatsue e logo viu surgir à sua frente um cordão azul. Parecia feito de couro.

— Quando a senhora se vir no local desejado, clique à vontade, sem medo de errar, porque temos filmes de sobra. Depois, vamos imprimir a melhor dentre as imagens capturadas. E, como vai presenciar o trabalho que será realizado no quarto escuro, a senhora terá toda a liberdade de opinar sobre a luminosidade ou o tom do seu agrado.

Hirasaka então se postou diante da porta do cômodo todo branco:

— Vamos agora rumo ao momento em que os primeiros raios de sol do dia 4 de julho de 1949 surgem no horizonte e permanecer até o instante em que a luz da manhã seguinte clareia o céu. A câmera está pronta?

Em pé ao lado dele, Hatsue acenou, confirmando.

— Então, aqui vamos nós para o memorável *Dia do Ônibus*.

Hirasaka abriu a porta.

Estamos fora do estúdio, pensou Hatsue.

Sentiu o vento no rosto.

Sem que soubesse como, Hatsue viu-se repentinamente andando com Hirasaka em um barranco. Desconcertada, olhou para trás, mas não viu em lugar algum a porta pela qual, tinha certeza, acabara de sair.

A distância, avistou as quatro chaminés-fantasma monstruosas — assim chamadas porque, dependendo da localização do observador, pareciam ser ora uma, ora duas, três ou quatro. Pertenciam a uma usina termoelétrica que fora desativada muito antes. Nos velhos tempos, eram também visíveis de longe, constituindo-se, portanto, em símbolos do distrito de Adachi. Não havia nenhum edifício alto, e a rua ainda não fora asfaltada. E, pelo visto, o próprio barranco também não passara pelo monumental trabalho de transformação em barragem contra enchentes. Tinha o aspecto que a natureza lhe conferira. A ponte, que deveria estar ali, ainda não existia, e uma barca cruzava o rio lentamente.

— A paisagem é a mesma daqueles tempos... — disse Hatsue, o que levou Hirasaka a examinar os arredores e a comentar:

— Este lugar é encantador!

Uma refrescante brisa matinal passou por eles.

— Pois é. Naqueles tempos, as manhãs eram assim frescas porque as ruas não eram asfaltadas. Hoje em dia, o calor é uma onda poderosa que invade as casas, e as pessoas são obrigadas a ligar o ar-condicionado desde cedo para não morrer de calor.

Não havia nuvens no céu, que parecia mais amplo pela inexistência de prédios altos.

— Sinto que o ar também é mais puro. Antigamente, a água do rio era assim, muito mais limpa.

— Por favor, passeie à vontade, pois estamos bastante adiantados — disse Hirasaka.

Estimulada, Hatsue começou a andar lentamente, acompanhando o sentido da correnteza do rio.

— Acho que vou contar minhas reminiscências. Por onde começo? Assunto é o que não me falta. Por outro lado, imagino que você não tenha nenhuma vontade de ouvir as memórias de uma velhinha enrugada, não é? Não quero ser inconveniente...

— Pelo contrário, eu gostaria muito de ouvi-las. Tenho interesse em saber de que maneira a senhora passou os dias neste local — disse Hirasaka, o que gerou um sorrisinho em Hatsue.

— Quer dizer então que você será meu último confidente?

— Exatamente.

Dirigindo o olhar para o extremo do barranco que se perdia na distância, Hatsue começou a falar pausadamente.

A história se passava no ano de 1948, em um lugarejo cercado de rios do distrito de Adachi, na região metropolitana de Tóquio.

***

Joguei longe o casaco e descalcei os sapatos enquanto descia correndo o barranco.

Ao me atirar no rio, senti a água gelada como uma mão a me comprimir o coração, mas não era hora de me preocupar com detalhes. Desde pequena, eu sempre fora excelente nadadora. Com os braços estendidos, tentei não perder o impulso do mergulho e fui o mais longe possível. A água entrando fundo pelas narinas foi uma agulhada dolorosa. Ainda submersa, continuei em linha reta, batendo os pés até onde o fôlego permitiu. Quando minha boca aflorou, sorvi o ar, dei braçadas e chutei a água com os pés. Mais rápido, com mais força!

A chuva dos últimos dias aumentara o volume da água e a forte correnteza tentava me arrastar de lado. Contudo, quando me certifiquei de que o alvo continuava à minha frente, numa linha reta a partir da minha testa, passei a bater os pés com mais força ainda para diminuir a distância. Primeiro, senti algo roçar em meu dedo médio. O que agarrei enquanto a correnteza me arrastava foi uma gola.

— Aguente mais um pouco! — gritei.

O pequeno corpo gelado parecia uma massa inerte quando o abracei. Por sorte, ele pesava pouco. Com a cabeça do menino voltada para cima, sustentei-o, passando meu braço por suas costas e axilas, e o fiz flutuar, nadando então de lado em direção ao barranco.

Olhando para a margem, percebi que finalmente alguns adultos começavam a se reunir, e um, logo depois mais um, pularam no rio e vieram em minha direção.

Nesse momento, uma corda me foi lançada. Quando agarrei a ponta, puxaram-me de uma só vez para a margem.

A criança que eu salvara era ainda muito nova, teria cerca de três ou quatro anos: os pés descalços e as pernas finas semelhantes a gravetos estavam brancos, sem traço de sangue. E não respirava.

— Já foram chamar o médico — disse-me alguém.

— Vou aplicar respiração artificial. Tenho noção de primeiros socorros — expliquei.

Nunca imaginei que algo que eu havia aprendido fazia tão pouco tempo viria a ser útil naquele dia.

Soprei com toda a força e senti o pequeno peito elevar-se. Um movimento tão leve que chegava a ser aflitivo.

Juntei as mãos e as pousei em cima do coração dele. Tomei impulso e, com o peso do meu corpo, pressionei: 1, 2, 3... 1,2,3...

Por trás do aglomerado de pessoas, ouvi vozes comentando: "Quem é essa?", "Mocinha valente...", "Pulou na água e..."

Quando apertei a boca do estômago do menino, escutei um arroto baixo e, ao mesmo tempo, a água escorreu de sua boca. Depois de duas fracas inspirações, o garoto começou a chorar.

A mãe, que correra até ele desesperada, pegou-o no colo, e os dois juntos desandaram a chorar a plenos pulmões. Aliviada, respirei fundo, momento em que o meu olhar e o das crianças no meio da multidão se encontraram.

Mais que depressa elas tentaram olhar para o outro lado, mas não as deixei escapar.

— Vocês aí! Que história é essa de brincar no rio num dia feio como o de hoje?

Questionadas, as crianças permaneceram em silêncio, cabisbaixas.

Naquela região, a margem era o local preferido para as brincadeiras das crianças: no inverno, era ali que soltavam pipas, e, no verão, caçavam libélulas ou apanhavam besouros-mergulhadores nos trechos mais calmos do rio. Naquele dia, porém, o volume de água havia aumentado por causa da chuva, e os garotos deviam estar cansados de ouvir dos pais que, em dias assim, não deviam se aproximar do rio.

— Vamos, vamos, não se exalte — disse alguém, mas não consegui me conter.

— O pirralho seguiu a gente porque quis. A gente disse para ele esperar lá em cima, mas ele não obedeceu — falou um menino.

— É verdade! Quando a gente pensou: "Ué, aonde ele foi?", ele já tinha caído no rio, lá embaixo — acrescentou outro.

Eu viera verificar as condições de um emprego que me fora oferecido e passava por acaso por ali quando avistei alguma coisa sendo arrastada pela correnteza. Senti um arrepio ao imaginar o que teria acontecido se eu não tivesse reparado.

— Nunca mais brinquem sozinhos perto do rio depois da chuva. Entenderam?

As crianças murmuraram alguma coisa.

— Eu disse "en-ten-de-ram"?

A resposta veio alta e em uníssono:

— Sim, senhora!

Um dos pequerruchos apontou o próprio nariz com o dedo. Enquanto eu me perguntava qual seria o sentido do gesto, ele disse:

— Seu nariz está escorrendo.

Desconcertada, limpei às pressas o muco aguado com a mão direita.

Até aquele instante eu viera pensando que recusaria o emprego mais tarde. Não achava que conseguiria vir todos os dias até aquela lonjura, e o salário também não compensava. Por que haveria eu de vir da minha casa até aquele lugar distante, fazendo baldeações e, em seguida, atravessando uma ponte em frangalhos? Além de tudo, não havia instalações apropriadas.

No momento, ofertas de emprego não me faltavam, e na certa haveria em algum lugar um trabalho mais vantajoso para mim.

Soltei um espirro sonoro e senti que o muco ameaçava escorrer outra vez. Uma senhora, talvez moradora das proximidades, me trouxe roupas secas e as ofereceu com uma série de mesuras. O policial da localidade surgiu, enfim, correndo.

— Muito obrigado pelo resgate providencial. Por favor, informe seu nome e idade.

— Sou Hatsue Mishima. Tenho vinte e três anos.

— Parabenizo-a pela coragem, aliás, extraordinária para uma pessoa do sexo feminino. Saltar em um rio de águas revoltas é um ato admirável.

Fixei o olhar no policial e declarei:

— Crianças são o tesouro deste mundo.

O policial concordou com um gesto de cabeça e indagou:

— Mora por aqui?

— Não, senhor.

— Nesse caso, está aqui a trabalho?

— Sim.

Ele continuava a me fitar em silêncio, como que a indagar minha profissão.

— Sou professora de educação infantil.

— Como é?

— Sou professora de educação infantil. Mas só a partir de amanhã.

Outro espirro se seguiu, trazendo mais corrimento nasal, e, em vista disso, o policial me emprestou uma toalha.

Naquele dia em que o vento soprava forte a ponto de fazer deitar a fumaça expelida pelas chaminés-fantasma, eu havia decidido ser a professora de educação infantil do bairro de Niino.

Diferentemente da minha casa, que, situada a um canto do distrito de Tomishima, não fora visada pelos bombardeiros, Niino tornara-se alvo de ataques aéreos durante a Segunda Guerra Mundial, talvez por ser uma área industrial. E, segundo diziam, esse pequeno bairro cercado de rios transformara-se à época em um campo queimado a perder de vista.

Mas a guerra havia terminado e, naqueles dias, o esforço de reconstrução se concentrara em erigir novas fábricas, e não em construir casas. E, claro, o número de pessoas que trabalhavam em fábricas aumentou em ritmo espantoso, assim como o da população da área de Niino. Da mesma forma, o número de famílias cresceu, bem como o de crianças, e o esforço para alimentar todos era frenético.

No caótico pós-guerra em que empregos desapareceram, a população de desempregados era grande, e mesmo aqueles que por sorte mantiveram suas ocupações viviam com os salários atrasados. Se o salário, ou seja, o sustento das famílias, tardava, a vida complicava de imediato. Assim, além dos pais, também as mães com filhos pequenos se viram obrigadas a largá-los em casa e sair em busca de emprego ou bico para garantir o alimento do dia seguinte.

Nessas circunstâncias, tornou-se normal delegar aos filhos mais velhos o cuidado dos mais novos. Cuidar até cuidavam, mas, afinal, eram todos crianças, e o perigo os rondava. De se afogarem no rio, de baterem a cabeça, de serem atropelados...

As mães se juntaram para, em regime de revezamento, tomar conta das crianças num arremedo de creche, mas logo o esquema deixou evidente a sua limitação, quando então vozes se ergueram demandando a contratação de um profissional da área de educação infantil.

Essa foi, portanto, a situação que levou a Liga Democrática dos Educandários Infantis a oferecer o emprego para mim, novata recém-formada. Perguntaram-me se não me interessaria em ir à cidade de Niino. Como instalação provisória, informou a Liga, uma companhia siderúrgica destinaria um espaço de sua fábrica.

O problema era a distância: de um canto de Tomishima, onde eu morava, era preciso tomar um bonde e depois andar. Cada perna da viagem levaria aproximadamente uma hora e meia, e isso não me atraía. No mapa, a região se assemelhava a um banco de areia cercado por braços fluviais e, em vez de ponte, a travessia era feita por balsa, esse sendo outro motivo que me fazia hesitar.

Mas, se eu recusasse, a busca por uma professora que preenchesse os requisitos teria de recomeçar do zero, o que por sua vez atrasaria ainda mais o início da instalação do educandário. No exato momento em que ali nos reuníamos, havia mães que tinham sido obrigadas a deixar filhos pequenos em casa para contribuir com o sustento da família. Imaginei quão angustiante seria trabalhar em contínua apreensão, perguntando-se se não teriam caído no rio ou se machucado.

Considerando que meu envolvimento nos acontecimentos daquele dia talvez fosse obra do destino, e também porque sou otimista por natureza, presumi que tudo se resolveria de maneira satisfatória. Eu havia solicitado tempo para decidir, mas pensei melhor e acabei aceitando o emprego momentos antes de ir embora.

Mas por que motivo haveriam de contratar com tanta facilidade uma professora recém-formada e inexperiente como eu? Motivo havia, não tardei a descobrir.

A luz matinal era ofuscante. O balanço e o ruído cadenciado do bonde convidavam ao sono. As pálpebras pesavam, mas resisti e as abri à força. Notei que a velocidade diminuía e olhei para fora, dando-me conta de que já nos aproximávamos da ponte Kamiya.

Acompanhando a leva que desceu do bonde, andei pela rua Kōshin. Um rapaz de bicicleta passou ligeiro pelo caminho. À minha frente seguia uma mãe levando um bebê atado às costas com *obi* de tecido macio. Os pés da criança balançando vivamente ao ritmo das passadas da mãe compunham um quadro que convidava ao sorriso. No momento em que ultrapassei as duas, lancei um rápido olhar e percebi que a criança olhava fixamente para cima, como se algo lhe atraísse a atenção. Diversos pilares fincados na calçada suportavam placas com nomes escritos em caracteres garrafais e, pelo visto, era isso que chamara a atenção do bebê. Os nomes eram de candidatos à próxima eleição.

O caminho era pavimentado com blocos quadrados de concreto dispostos uns ao lado de outros, e uma fina camada de terra recobria alguns. Andei, pisando os quadrados com firmeza.

Apertei os olhos ao passar por um pé de vento que levantou uma nuvem de poeira.

"Corrida de táxi por oitenta ienes a bandeirada", anunciava uma placa, mas desviei o olhar: quem me dera! Caminhei a passos largos na direção da ponte Niino. Construída em madeira, estava tão avariada que suas tábuas rangiam quando pisadas e o rio se tornava visível pelos vãos abertos na estrutura.

A sede provisória do Jardim de Infância, obtida por intermédio da Liga Democrática dos Educandários Infantis, era um cômodo cedido por uma empresa siderúrgica. Situado no primeiro andar da ala leste da empresa e revestido de lambris, constituía-se num espaço razoavelmente amplo, suficiente para abrigar todos os alunos sentados em roda, ombro a ombro. A total ausência de material pedagógico me desanimou um pouco, mas decidi improvisar para vencer a dificuldade.

Ao iniciar as atividades, espantei-me com a capacidade imaginativa das crianças, que transformavam um simples quadrado de pano ora em mar, ora em borrasca, ora em casa. O que mais me deu prazer foi perceber seu desenvolvimento diário. Cresciam em altura, naturalmente, mas o progresso se dava todos os dias a uma velocidade inconcebível em adultos: o que ontem não conseguiam realizar, hoje já conseguiam. Éramos duas professoras lidando com trinta e duas crianças em verdadeira roda-viva, mas ainda assim eu me sentia realizada.

Eu desejava que todo dia trouxesse uma experiência positiva para cada uma das crianças e que suas qualidades não me passassem despercebidas.

Em dias de sol, transformávamos em área recreativa um canto do pátio que a empresa também nos cedera.

Algumas crianças discutiam vivamente em torno de uma corda:

— Pule quando ela vier para cá, entendeu?

— Nada disso, pule quando ela for para lá.

Outra dizia, com ar triunfante:

— Eu sei pular, pode bater a corda bem depressa.

Uma única corda proporcionava muita diversão.

— Atenção, agora eu vou virar a corda bem devagar — anunciei, o que provocou uma entusiástica gritaria entre as crianças.

— Devagarinho, ouviu, professora? — disse alguém.

As despesas operacionais consumiam quase tudo, de modo que o lanche se resumia a uma bala para cada criança, mas, ainda assim, a hora do recreio era festejada.

No começo, foi apenas um pedaço de papel.

Inserido na porta do cômodo, trazia escrita uma palavra: "Barulhentos!" Estranhei a caligrafia feminina.

Que é isso?, perguntei-me, mas deixei passar. *Travessura de criança*, pensei.

Contudo, no dia seguinte eu encontrei outro pedaço de papel dobrado em quatro e introduzido na porta com a palavra "Barulhentos!" escrita em letras que lembravam um exercício caligráfico.

Agora havia raiva no traçado das letras. Em especial, a letra final parecia saltar, irada. Levei a questão ao conhecimento de um funcionário da empresa siderúrgica e dele ouvi:

— Ah... Isso deve ter vindo da moça do outro lado da rua.

Pelo tom da resposta, deduzi que a tal moça era osso duro de roer.

Seja como for, papel era um artigo precioso, de modo que o alisei para que valesse mais no momento de negociar com o comprador de refugos.

Nunca achei que meus alunos fossem barulhentos, pois não costumavam gritar de maneira exagerada nem nos momentos em que brincavam. A algazarra não ultrapassava o limite do razoável. E, uma vez que não dispúnhamos de piano ou órgão, o som nas aulas de música não ficava alto a ponto de provocar reclamações dos vizinhos.

Se éramos barulhentos, a reclamante deveria se queixar nos momentos em que fazíamos barulho, e não enviar bilhetinhos, procedimento que me assustava pela raiva camuflada, indicando possível instabilidade emocional. Além do mais, o anonimato não fazia sentido, uma vez que, em toda a área, havia apenas uma casa capaz de se incomodar com as vozes das crianças.

Logo a reclamação chegou à diretoria da empresa que nos cedia o espaço.

Juntando boatos, fiquei sabendo que do outro lado da rua morava uma mulher jovem e nervosa em cujo quarto as vozes das crianças ecoavam. Decidi então deixar os alunos a cargo da outra professora e ir pessoalmente pedir desculpas à mulher, pertencente a uma família influente e antiga no local. Na certa ela entenderia, caso eu lhe explicasse a situação.

Bombardeada durante a guerra, toda aquela área havia se transformado em um campo esturricado, mas a casa sobrevivera aos ataques e tinha um ar tradicional e respeitável. Magnífico também era o pinheiro que se espalhava diagonalmente ao lado do portão. A placa com o nome do proprietário colada à entrada dizia: "Hisano".

— Por favor — falei em voz alta à entrada, e logo surgiu uma idosa com jeito de empregada.

— Sou Hatsue Mishima, professora do Jardim de Infância do outro lado da rua. E gostaria de me apresentar à dona da casa.

— Espere um momento, por favor — disse a mulher, desaparecendo no interior da casa para retornar em seguida e dizer com ar indiferente: — Ela não vai atendê-la.

— Como ela disse que somos barulhentos, estou aqui para pedir desculpas — falei para a empregada, que se foi outra vez para dentro da casa, mas reapareceu instantes depois.

— Ela disse para fazerem silêncio imediatamente.

Pelo tempo que a idosa levava para reaparecer, percebi que a dona da casa se encontrava no cômodo logo adiante. Senti mãos e pés gelando, mas em seguida o sangue me subiu à cabeça. Então ela não percebia que essa troca de mensagens era improdutiva? Havia assuntos que só podiam ser resolvidos quando tratados pessoalmente, frente a frente!

— Por favor! Por favor! Sinto muito se a perturbo! Sou da escolinha em frente... — gritei, em pé à entrada da casa.

Eu tinha de vê-la de qualquer maneira para resolver o impasse. Juntei as mãos às costas e curvei de leve o tronco para trás. Dessa forma, a voz era potencializada, segundo aprendi com uma prima ligada às atividades de nosso grupo de ex-alunos.

A dona da casa surgiu com ar contrariado e um vestido elegante. Realmente, ela era do tipo franzino e nervoso. Bonita, mas lembrava uma linha retesada, em tensão contínua. Seu olhar percorreu-me da cabeça aos pés em franca avaliação. Chegando aos pés, seu olhar voltou à minha cabeça, e, como ela nada dizia, eu abri a boca para externar um pedido de desculpas, quando fui repentinamente repreendida com um berro:

— Vocês são barulhentos!

Nossos olhares se encontraram. Presa entre nós duas, a empregada olhava ora para mim, ora para a patroa, sem saber o que fazer.

— A voz das crianças a perturba? Sinto muito — falei.

— A gritaria das crianças me irrita, entendeu?

— De nossa parte, asseguro que tomaremos mais cuidado de agora em diante. Releve o barulho, por favor. Sei que estou abusando de sua bondade, mas o fato é que precisamos de um lugar para desenvolver a educação infantil...

— Educação infantil? — disse ela, calando-se por instantes. — Educação infantil, você disse?

— Sim, senhora, educação infantil. Crianças são o tesouro deste mundo. E precisamos de um local para instalar um Jardim de Infância e assim possibilitar o crescimento saudável delas. Crianças progridem a cada dia. E, para auxiliar esse desenvolvimento, precisam cantar, brincar e jogar...

— Você é solteira? — perguntou ela de repente.

— Sim.

— Você fala em educação infantil como se fosse grande coisa, mas, no fundo, você não passa de uma simples babá! Pare de se dar tanta importância!

Senti minhas bochechas pegando fogo. Sim, eu era solteira.

— Se você é solteira e não tem filhos, como pode entender de educar crianças?

Provavelmente ela viera burilando essa frase de efeito enquanto contemplava dia após dia a atividade no educandário.

— Seja como for, quero que façam silêncio. Isso é tudo que tenho a dizer.

E, no momento em que ia se retirando, acrescentou:

— E, por falar nisso, não suporto ouvi-la cantar, sempre desafinando meio tom no final.

Eu estava retornando quando encontrei as crianças que, ao que tudo indicava, também voltavam de um passeio pelo barranco. As crianças me rodearam aos gritos de "Professora, professora!".

Abri um sorriso imediatamente e perguntei:

— Que insetos vocês acharam no passeio pelo barranco?

As respostas vieram vivas, de todos os lados:

— Grilo!

— Joaninha!

Preocupada com a altura das vozes, olhei na direção da mansão e vi uma janela se fechar com estrondo.

Dali em diante, passei a tomar cuidado no sentido de buscar locais distantes toda vez que as crianças precisavam brincar ao ar livre, ou de fechar as janelas da sala de aula, entretendo-as com desenhos ou jogos toda vez que se mostravam especialmente agitadas. Contudo, o dia que eu temia chegou.

A companhia siderúrgica declarou que não poderia mais ceder o espaço. Não me informaram a razão por trás do despejo, mas parecia que a companhia fora pressionada por algo ou alguém cuja identidade não revelavam.

Eu não estava acreditando que seríamos expulsos de fato, mas, então, fomos instruídos a retirar todos os nossos pertences e a desocupar o cômodo até o começo da semana seguinte. Os pais das crianças ficaram atarantados. Não havia nenhum outro imóvel capaz de abrigar um Jardim de Infância em Niino. Se não pudéssemos cuidar das crianças a partir da semana seguinte, todo o esquema diário elaborado por mães e pais ruiria. A líder da Associação dos Pais, sra. Sakaida, juntou todos os interessados e instaurou uma reunião de emergência. Toda vez que surgia alguma questão envolvendo o educandário, a sra. Sakaida se apresentava, mas mesmo ela mostrava cada vez mais sinais de impaciência em sua voz diante da difícil discussão.

De todo modo, decidiu-se que a partir da semana seguinte passaríamos a ocupar um cômodo da casa de um dos pais em dias de chuva.

Em dias de sol, as crianças seriam cuidadas no barranco do rio.

A água gotejava do guarda-chuva em frangalhos, de modo que eu o girava, levando a área rasgada a uma posição que não limitasse minha marcha.

Por estar cercada de rios e também porque o terreno era naturalmente uma baixada, enormes poças de água se formavam em todas as ruas de Niino sempre que chovia. O solo barrento enlameava meus sapatos e eu tinha de lavá-los assim que chegava em casa. Respingos de lama também deixavam minha roupa em estado lastimável, apesar do cuidado que eu tomava ao andar.

Quando cheguei em casa, a noite já ia avançada e minha rua se achava imersa na mais completa escuridão. Abri a porta com algum esforço, dobrei o guarda-chuva e pus os sapatos na bacia. Estava faminta. Meus irmãos e irmãs menores já tinham ido dormir e a casa estava silenciosa.

Minha mãe me serviu uma tigela transbordante de arroz e disse:

— Que absurdo! Por que você tem de chegar tão tarde todos os dias?

Sentada formalmente à mesa, agradeci a refeição:

— Obrigada.

Um pequeno pires com picles foi posto diante de mim com certa aspereza.

— Largue de uma vez esse emprego de educadora infantil. Para que trabalhar em condições tão desfavoráveis? É absurda essa história de não haver nem sala de aula nem teto para as crianças a partir da semana que vem. Essas pessoas estão fazendo você de boba!

A outra professora também resolvera largar o emprego.

— Mas o que será das crianças se até eu desistir?

— Os pais darão um jeito. Eles vinham dando um jeito até agora, não vinham?

— Mas a educação das crianças...

— Não há razão alguma para você se importar com isso. É um simples emprego, não é?

— Mas...

— Chega de "mas". E você nem recebeu seu salário deste mês!

Era verdade. Mesmo em condições normais, o pagamento vinha parcelado e com atraso de semanas. O de agora era de três semanas.

— Procure um emprego que pague pontualmente. Sem falar que não faltam educandários com instalações apropriadas. Onde se viu tomar conta de crianças num barranco...?

"Por que se submeter a essas condições?", minha mãe não se cansava de me dizer.

Minha rotina era chegar em casa depois do escurecer, jantar, preparar o material pedagógico do dia seguinte, desabar na cama e adormecer, mas o sono nunca era profundo.

O golpe que a jovem mulher me infligiu não parava de me atormentar: "Você não passa de uma simples babá."

Um dos motivos pelos quais eu não conseguia rebater suas palavras residia no tratamento que me dispensavam. Eu mesma tinha certeza de que, na qualidade de especialista em educação infantil, viera me dedicando com afinco em oferecer às crianças um ambiente seguro, sempre procurando fazer um trabalho adequado ao pleno desenvolvimento delas. Na situação atual, porém, tudo era improvisado: o Jardim de Infância não se constituía em entidade estabelecida, a sede era fictícia, não havia organização nem política salarial definidas. A professora que cuidava da contabilidade se demitira. Daquele ponto em diante, eu teria de administrar a escola sozinha.

No momento, menos da metade dos pais conseguia pagar em dia a mensalidade da escolinha. "Peço mil desculpas, mas estamos passando dificuldades este mês", diziam, e ali estava eu, compreensiva, incapaz de exigir o pagamento. Desde que iniciara meu trabalho de educadora, nunca conseguira chegar em casa antes de o sol se pôr. Eu ainda era novata, e o grupo tinha acabado de se formar, era verdade, mas continuar a trabalhar mais de meio mês sem salário era penoso.

Pelo menos um guarda-chuva eu queria que fosse novo, mas continuei com aquele em frangalhos porque eu mesma não tinha dinheiro para comprar outro.

Havia mãe que demorava a ir buscar o filho, e, como eu não podia comer sozinha, algumas vezes repartia um pão doce com a criança. E mesmo essas pequenas despesas imprevistas, quando acumulavam, alcançavam valores inesperados e pesados. Como, porém, pedir o ressarcimento de metade de um pão doce?

Contudo, eu ainda assim perseverava porque me orgulhava de ser educadora infantil.

Mas e se os próprios pais me considerassem uma simples babá? E se eles considerassem que o valor que pagavam não era uma mensalidade para ter os filhos educados, e sim uma simples gorjeta para a babá?

Percebi que minha resolução inicial estava começando a se desintegrar.

Naquele dia, usaríamos pela última vez o espaço da siderúrgica. Com a mesa instalada ao lado da janela, eu fazia trabalhos administrativos enquanto vigiava o movimento externo. Estava à espera da jovem mulher. Sabia que ela sempre saía de casa naquele dia da semana e apanhava um táxi na rua para ir a algum lugar.

Deixei as crianças com a outra professora. Quando me aproximei, a jovem segurou a mala diante de si e se afastou alguns passos. Parecia temer que eu lhe dissesse, frente a frente, algo desagradável. Quem administrava o terreno em que se situava a empresa era a família Hisano. A expulsão do Jardim de Infância fora obra dessa mulher, com certeza.

— Vim agradecer a cessão do espaço por todo este tempo — falei, fazendo uma leve mesura. — E desculpar-me pelo barulho.

Até pouco antes, sua fisionomia estivera tensa como a de alguém à espera de um golpe, mas meu pedido de desculpas a desnorteou.

— Mas algum dia vou estabelecer aqui em Niino um Jardim de Infância digno desse nome.

A jovem me encarava fixamente.

— Um Jardim de Infância pronto para receber seus filhos, senhora.

Tornei a fazer uma mesura para a mulher, que continuava calada.

— Até mais ver — falei em despedida e retornei para o cômodo da siderúrgica.

Ao chegar, vi que as crianças brincavam, cada uma a seu modo. Essa de casinha, aquela rodando pião.

Sobre a escrivaninha havia um pedaço de papel, e, desenhado nele, um rosto de olhos redondos com o título "Professora Mishima". O lápis fora calcado com tanta força que imprimira no papel o veio da madeira da mesa, desviando o traçado em alguns pontos. De rosto, nariz e olhos redondos, considerei que o autor do desenho apreendera as principais características da modelo. Cinco ou seis doces de feijão azuki *yōkan* tinham sido desenhados ao lado. *Não me vencerão,* disse a mim mesma.

Aquele dia prometia ser quente.

Cruzo a ponte Niino, subo o barranco, e, sempre observando com o canto do olho a relva a se agitar ao sabor da brisa, chego à campina. Levo nas mãos suadas pela longa caminhada um teatro de figuras que as crianças adoram.

Talvez tenham me visto andando pelo barranco, pois vêm em minha direção, saltitando de impaciência e aos gritos: "Professora Mishima!!"

Como primeira atividade, as crianças se dão as mãos e passeiam pelo barranco. Quando acho que já basta, sento-as todas em roda na campina e cantamos com o acompanhamento de uma gaita de boca. "No meu chapéu de palha/ponho um tomate...", cantam as crianças. Elas riem quando substituo o tomate por uma fruta qualquer sugerida por elas. O doce *yōkan* também entra na brincadeira.

Depois de cantar, saímos à caça de insetos, brincamos com folhas e tecemos guirlandas com flores. O céu azul parecia sugar a voz viva das crianças.

Contudo, delegar a uma única professora o cuidado de tantas crianças num barranco era problemático, até mesmo no aspecto da segurança. Em vista disso, a Associação dos Pais apresentou uma solução: pais ou mães desocupados passariam a me auxiliar.

Em dias de chuva, ficou decidido que uma das famílias cederia a casa para a atividade infantil.

Quando me encontrava com os pais, a conversa girava em torno da sede do Jardim de Infância. Precisávamos de um local, não importava se emprestado ou alugado, onde pudéssemos ao menos abrigar os pequenos do vento e da chuva. No entanto, por mais que quiséssemos, aqueles eram tempos em que o país canalizava todo o esforço para a sua própria reconstrução em meio a uma inflação galopante e a medidas estabilizadoras do novo iene, de modo que materiais de construção como a madeira eram insuficientes para suprir a demanda.

E, mesmo que encontrássemos, a madeira era desviada para o mercado paralelo e alcançava um preço exorbitante. Muito embora eu houvesse declarado de cabeça erguida que um dia estabeleceria um Jardim de Infância digno desse nome naquela localidade, eu, que trabalhava nesse meio todos os dias, sabia melhor que ninguém que isso era um sonho quase impossível de se realizar. Afinal, o Jardim de Infância era minúsculo, não licenciado, e precário a ponto de nem pagar em dia o salário da professora.

A época das chuvas chegou e, como nem ao barranco podíamos ir, continuei a cuidar das crianças num cômodo da casa de um dos pais.

A sala pequena se abarrotou de crianças, dificultando até o caminhar entre elas. Contemplei o cômodo lotado e senti que tínhamos alcançado o ponto de não retorno. Um dia talvez fosse possível alugar uma sala em algum lugar. Eu não sabia quando esse dia chegaria, nem até quando eu conseguiria continuar naquelas condições. Só me restava perseverar.

Posteriormente, fiquei sabendo que a sogra da mulher a censurava continuamente por sua incapacidade de gerar um filho: "Se você é solteira e não tem filhos, como pode entender de educar crianças?" A frase ferina que ela me lançara na certa a atormentava também.

Naquele dia de céu nublado, típico de estação chuvosa, o ar úmido e morno parecia aderir à pele.

Um vento desagradável soprava desde cedo. Como havia previsão de chuva para a tarde, deslocamo-nos para o cômodo, e ali eu cuidava das crianças.

Eu notara muitas crianças que, aparentando cansaço, rolavam pelo chão, algumas brincando com bonecas.

— Estou com sono, professora — queixou-se uma delas. Ao tocar sua testa com a palma da mão, logo percebi que ela estava com febre, tamanha era a quentura. Outras crianças surgiram com indisposição, e concluí que devia ser um surto de gripe.

— Será algum tipo de gripe? — disse a mãe que veio buscar o filho doente e o levou embora carregando-o às costas.

Até então, era o que eu também achava.

Aconteceu quando dispensei todas as crianças e me preparava para ir embora. A dona da casa que nos cedera o cômodo surgiu, pálida e apreensiva. Realmente, eu havia notado que nos últimos dois ou três dias não vira o avô idoso daquela família. Tudo indicava que ele andara acamado e fora naquele dia ao hospital para fazer alguns exames.

Disenteria.

O banheiro usado pelas crianças também o era pelo idoso.

Os sintomas iniciais da disenteria eram febre, dor de barriga aguda, diarreia e fezes hemorrágicas que perduravam por muitos dias.

Terrivelmente contagioso, infectava um adulto com apenas dez germes introduzidos em seu organismo.

Crianças pequenas eram especialmente propensas a desenvolver o quadro mais agudo da doença, levando-as por vezes à morte. Nessa população, bastava um caso para o mal se espalhar com explosiva rapidez.

Vacinas preventivas não existiam.

Sem ao menos me despedir corretamente da dona da casa, saí correndo, preocupada com aquela criança que tivera febre. Alertei a liderança da Associação dos Pais e pedi que entrassem em contato com todos os integrantes.

Eram sete as crianças do Jardim de Infância contagiadas. Carregando nos braços os filhos gemendo debilmente, pais correm pelo barranco. Eu os sigo.

Dos sete, dois meninos do grupo dos mais velhos estão em estado grave. A situação é tão crítica que exige acompanhamento ininterrupto. Ouço dizer que, além deles, o número de crianças indispostas vem crescendo.

— Nem sei como me desculpar — digo, as mãos apoiadas no chão do hospital.

— Vamos, professora, não se martirize tanto — diz alguém, mas não consigo me erguer.

E se as crianças morrerem?, pergunto-me, angustiada. *Por que a doença acometeu as crianças e não a mim, uma adulta?*

Após a primeira leva de internações, mais dez crianças divididas em três grupos foram hospitalizadas na manhã seguinte, e no dia seguinte mais duas, totalizando dezenove crianças, ou seja, quase a metade dos alunos do Jardim de Infância.

Quando ouvi dizer que os dois meninos em situação crítica já estavam fora de perigo, o alívio foi tão grande que caí sentada numa cadeira. Contudo, o período de incubação da disenteria é de cinco dias. Por enquanto, eu mesma não apresentava nenhum sintoma. Mas e se a doença já havia contaminado crianças menores, cuja capacidade de produzir anticorpos era menor?

Eu me sentia no inferno. Só me restava rezar.

De dia, eu ajudava no trabalho de desinfecção, tanto na casa da família que nos cedera o cômodo como na dos demais infectados. Exames de fezes das famílias e dos alunos foram realizados. O Centro de Saúde e a Associação Distrital iniciaram um programa de combate à doença.

Eu mesma me dediquei ao trabalho de desinfecção e ao acompanhamento dos doentes sem quase voltar para casa.

— Professora, seu aspecto está horrível. Por favor, durma, nem que seja por pouco tempo — diziam-me, mas eu não conseguia. Eu temia que uma das crianças morresse enquanto conversávamos.

Tudo indicava que a contaminação ocorrera apenas em crianças que haviam usado o banheiro. Por sorte, as crianças menores usavam o penico, o que acabou se constituindo em bênção em meio à desgraça. O Jardim de Infância esteve fechado durante todo o mês em que as crianças estiveram internadas.

A disenteria, por ser uma doença infectocontagiosa, isolava os doentes e impedia até os familiares de visitá-los. Durante o período de internação, frequentei o hospital diariamente, levando brinquedos e correspondência.

As crianças que haviam transposto o ponto crítico da doença entraram em convalescença no hospital e estabeleceram um esquema de limpeza do quarto que ocupavam. Ouvi dizer que foram elogiadas porque o quarto delas "estava mais limpo do que o ocupado por adultos".

Eu me preparava para ir embora quando me disseram:

— Isto é das crianças.

Abro a carta, que viera dobrada em quatro. "*Professora Mishima: muito cuidado na hora de ir embora, viu? Com os carros. Está escuro, não está?*"

Um monte de docinhos de feijão *yōkan* enfeitava a carta.

A luz embaçou. Enxuguei os olhos na manga do vestido.

A disenteria havia ceifado a vida de mais de vinte mil pessoas no pós-guerra, mas considerei realmente um milagre que nenhuma das minhas crianças tivesse morrido.

Naqueles dias em que se discutia a reabertura do Jardim de Infância, soube que uma reunião de emergência fora convocada pela sra. Sakaida, líder da Associação dos Pais. Com o espírito pesado, dirigi-me ao centro comunitário, onde o encontro se realizaria.

Na medida em que me sentia responsável pela disseminação da disenteria entre as crianças, não podia esperar que a reunião me fosse agradável.

Uma professora deve ser imparcial, sei disso, mas sempre havia pessoas com quem eu me dava melhor, muito embora me empenhasse em não demonstrar preferências.

Nesse contexto, a sra. Sakaida era, para mim, uma das menos favoritas.

Dona de um físico avantajado, sua voz costumava ser mais ouvida que a do marido franzino e, tendo comandado a expansão de sua empresa de publicidade, era de longe a mulher mais bem-sucedida do distrito de Niino. Lembrava uma ave tropical exótica, falava e trabalhava muito. Intelectualizada no falar e no agir, iniciava frases com preâmbulos do tipo "conforme aprendi no colégio feminino que frequentei" e, sempre que podia, falava de teorias pedagógicas, só para me provocar. Em suma, uma mãe difícil de lidar.

E ela parecia também achar que precisava me orientar, já que eu era jovem e insegura.

Em sua casa, a sra. Sakaida parecia estar ensinando seus filhos a ler e a escrever corretamente e sugeria incorporar antologias ao ensino infantil, o que eu considerava problemático. A meu ver, crianças aprendiam a raciocinar através de brincadeiras, e o estudo de teorias em livros didáticos deveria se iniciar só depois de sua formação básica.

"Oh, já vi que a senhora é partidária do método Montessori", dizia ela com um sorriso irônico, o que também não me agradava.

Diante de mães e pais que lotaram uma sala a ponto de não deixar espaço para mais ninguém se sentar, adianto-me e faço uma reverência profunda.

Minha respiração se torna rasa.

Eu não sabia do que me acusariam. Contudo, eu mesma queria acompanhar a evolução das crianças por mais algum tempo, ao menos até que atingissem a idade de frequentar a escola primária.

Mari, a menina que aprendeu a pular corda, Takeru, que conseguiu girar em torno da barra de ferro horizontal, Ren, o menino que desenhava trens com excepcional habilidade... Uns após os outros, os rostos das crianças afloraram à mente.

Percebi que todos os pais me olhavam fixamente e quase parei de respirar.

— Antes de mais nada, quero pedir-lhes perdão pela horrível preocupação que lhes causei. Por sorte, todas as crianças escaparam ilesas, mas isso não me isenta de culpa.

Silêncio na sala. Eu tinha até medo de erguer a cabeça.

— Vamos parar por aí, professora. Muito obrigada por todo o seu esforço em prol da recuperação das crianças. Mas a reunião de hoje não tem nada a ver com essa questão — continuou a sra. Sakaida. — Peço a todos a gentileza de pensar um pouco. Como vocês se sentiriam caso mil ienes fossem roubados das carteiras de todos os aqui presentes?

Incapazes de perceber o rumo da conversa, os pais se mantiveram calados com expressão de estranheza no rosto. E eu também.

A sra. Sakaida passeou o olhar pela plateia e meneou a cabeça.

— Ficariam irritados, não é verdade? Claro. Haveria um ladrão aqui.

A possibilidade de ter havido algum caso de roubo em meio a toda aquela confusão da disenteria me fez sentir um grande desânimo.

— E se soubessem que nesta sala existe alguém que praticou esse ato... o que vocês sentiriam?

O silêncio era pesado no ambiente.

— Professora — disse a sra. Sakaida.

A voz me falhou quando tentei responder:

— S-sim?

— Ouvi dizer que seu pagamento, sempre em atraso e parcelado, ainda tem um resto a receber de maio e que o de junho também não lhe foi pago em sua totalidade. Isso é verdade?

— Sim, mas isso não tem importância. Podem me pagar quando tiverem dinheiro, não me importo nem um pouco com atrasos — digo, totalmente confusa, sem saber direito o que falava.

— Professora — insistiu a voz, gelada.

Pronto, ali estava o olhar fuzilante da sra. Sakaida.

— Acho que está havendo uma pequena confusão aqui — continuou ela.

— Confusão? Não, não... eu não me importo muito com o pagamento...

— Preste atenção, professora. Você não recebeu o salário que lhe é devido. Isso em nada difere de ter o dinheiro surrupiado de sua carteira. Isso é exploração. Exploração.

Um suor estranho começou a umedecer minha testa.

Exploração? Como assim?, me perguntei desorientada.

— Ah, exploração... Mas não, eu apenas tenho prazer em ver o desenvolvimento das crianças...

— Aqui entre nós existem pessoas que possuem uma peixaria, outras vivem de vender *tōfu*, certo? Ao vender uma unidade, o dinheiro entra. Isso é natural. Mas e quanto ao trabalho de educar crianças? Será que só esse tipo de trabalho não precisa ser pago?

— Mas é que... é que eu sei que existem famílias em dificuldade financeira e...

— Famílias que não podem pagar são um problema à parte. Mas acredito que esta situação seja séria. Estou falando da situação atual, em que não temos onde sediar um Jardim de Infância para nossas preciosas crianças, nem dinheiro para pagar à professora que as educa! Nesta situação, é preciso muita coragem para declarar que somos mães e pais dessas crianças, não é verdade?

Tive a impressão de que as palavras provocantes da sra. Sakaida me escureceram a visão.

— Não, não, escute, eu não me importo, realmente.

— Não tire conclusões apressadas — disse ela com voz cada vez mais gelada. — Você talvez não se importe, mas e a professora que vier depois? Que você tenha ânimo para continuar é muito, realmente *mui-to*, louvável. Mas no esteio desse seu ânimo de tudo aceitar, e a continuar a atual situação de exploração do seu trabalho, pergunto: haverá condição para promover o crescimento desta instituição? Na situação atual, você seria capaz de afirmar com orgulho que, como educadora infantil, exerce uma profissão especializada?

O silêncio chegava a ser aterrorizante.

— Por favor, senhoras e senhores, peço que de agora em diante o pagamento da mensalidade não se atrase nunca mais. E mais uma questão.

A sra. Sakaida bateu o pé, chamando a atenção.

— Uma sede para o nosso Jardim de Infância.

A plateia começou a se agitar.

— Mas com que dinheiro?

— Não temos meios para isso.

As pessoas mal conseguiam o suficiente para viver.

Era irreal solicitar contribuição para a construção de uma sede.

— Vejam então a minha ideia.

A sra. Sakaida abriu a folha de papel que mantivera enrolado na mão.

CERVEJARIA
E
BAZAR NOTURNO

— Não temos dinheiro, mas podemos trabalhar. Mesmo que não tenhamos dinheiro para doar, que acham de cada família, dentro de suas próprias possibilidades, doar o trabalho? E, depois, artigos sem utilidade se transformam em lucro quando vendidos num bazar. Por favor, cooperem.

Uma onda de murmúrios percorreu a plateia. Todos passavam por dificuldades. Nem ânimo tinham de sobra.

— Silêncio, por favor — disse a sra. Sakaida. — Vocês querem que o Jardim de Infância continue sem sede e que as crianças passem o tempo de qualquer jeito, brincando ao ar livre? Não acham que precisamos ao menos de um local onde elas possam estar abrigadas do vento e da chuva? É para o bem de nossas crianças! Concorda, professora?

A história se voltara repentinamente para o meu lado.

— Ah, sim, caso isso seja possível, prometo me empenhar também de corpo e alma. Crianças são o tesouro deste mundo. Façamos um esforço para que haja melhorias, mesmo que mínimas, para o bem das crianças. Para que haja um ambiente adequado.

O que teve início como palmas esparsas se transformou em aplauso geral. Eu me mantive cabisbaixa.

Quando a reunião se dissolveu, eu disse à sra. Sakaida:

— Muito obrigada.

— Não precisa agradecer. Eu não tive a intenção de ajudá-la. Apenas considerei que o que era devido tinha de ser pago. É uma das regras básicas da atividade econômica.

Nossa, como ela é complicada, pensei. Mas nem por isso deixei de me sentir feliz.

— Além do mais, não posso garantir que esse projeto dará certo — disse ela, voltando-se para mim. — Mas passar a vida em brancas nuvens é monótono e me dá sono, preciso ao menos arriscar a sorte numa aposta — acrescentou, afastando-se.

Depois disso, o salário que costumava atrasar passou a ser pago no devido tempo. Obtive também um pequeno aumento, o que me deixou mais feliz. E consegui finalmente consertar o guarda-chuva velho e esburacado.

Penso que, depois daquela reunião, os pais adquiriram nova consciência de sua condição, e, ao mesmo tempo, minha própria noção de educadora mudou.

O festival teve início quando as luzes se acenderam no jardim interno do templo. Uma fila se formou diante da barraquinha de sorvete, trazida em carreta puxada por bicicleta.

— Encha bem o cone, viu — pediu um menino no começo da fila.

Ao abrir o pote térmico redondo e pesado, o sorvete surgiu, amarelo e apetitoso. Um homem com um pano de prato torcido atado em torno da cabeça raspava o sorvete com uma concha e o depositava sobre um cone.

— Cuidado para não derrubar — avisou ele.

O homem se deu conta da minha presença e me ofereceu, sorrindo:

— Quer um também, professora?

Morador da vizinhança, ele se apresentara para trabalhar no bazar em prol da construção do Jardim de Infância.

Perto dali, uma carne de porco foi espalhada sobre uma chapa de ferro quente produzindo um chiado agudo, e logo um aroma delicioso se alastrou por todos os cantos. Pais refogavam repolho ao lado da carne. Alertadas talvez pela fumaça, algumas crianças já estavam paradas diante da chapa de ferro. O macarrão também foi refogado, molho e alga em pó foram acrescidos, e estava pronto o *yakisoba*. A essa altura, uma longa fila já se formara diante da barraquinha.

Em outra área, famílias vendiam artigos em bom estado, mas que haviam deixado de lhes ser úteis. Roupas infantis confeccionadas por mães orgulhosas de suas habilidades saíam uma após a outra.

O bazar de uma noite de verão foi um sucesso incrível. Vozes apregoavam: "*Yakitori!*" "Venham provar o nosso *yakitori*." "A barraca de cerveja é aqui."

Atraídas pelas luzes, pessoas da cidade corriam até lá e brindavam com cerveja. Perto, crianças tiravam a sorte para ver quem conseguia uma bolacha. Na caixa de doações, posta a um canto, o dinheiro entrava sem parar.

Muito embora o bazar noturno tivesse sido um inegável sucesso, o dinheiro arrecadado estava longe de ser suficiente para a construção da sede do Jardim de Infância. Não havia madeira apropriada para a construção, e o que se conseguiria através do mercado paralelo atingia cifras astronômicas.

Nessas condições, não seríamos capazes de construir nem mesmo o hall de entrada da escolinha. Sobretudo, não tínhamos sequer em vista o terreno, que aliás era muito mais caro.

* * *

Hirasaka e Hatsue estavam sentados num banco de um pequeno parque. O canto das cigarras vibrava no ar. Quando uma se punha a cantar, outras eram atraídas e formavam um coro. Depois de passar um longo tempo sob a terra, a pobre cigarra cantava sem saber que sua breve vida terminaria antes ainda da chegada do próximo verão. *Pensando bem, minha vida também se foi num segundo, talvez como a da cigarra,* pensou Hatsue, olhando para as mãos.

Hirasaka, que estivera ouvindo a história de Hatsue, estava ansioso pela continuação.

— Quer dizer que faltou verba para a construção do Jardim de Infância?

— Pois é... É muito pouco o que se consegue juntar num único bazar. Além disso, o preço da madeira atingia as nuvens naquela época. Tivemos de desistir da ideia de construir a sede.

— É mesmo? Que pena — disse Hirasaka com expressão sombria.

— Apesar disso... — continuou Hatsue, erguendo-se com a câmera no pescoço. — Acho que está chegando a hora. Vamos, vamos, fique em pé também, Hirasaka.

Sob o céu nublado, um vento morno varreu o barranco. Com a mão protegendo os olhos, Hatsue observava um ponto a distância.

— Veja, estão chegando, olhe naquela direção!

"For-ça, for-ça!" Vozes ecoaram a distância. Dum-dum--dum, batia o tambor marcando o passo. Crianças gritavam.

Aos poucos, silhuetas de pessoas puxando uma corda se definiram, lembrando figuras arrastando um carro alegórico de um festival.

Mas o que arrastavam era... um ônibus enorme.

Todos puxavam uma corda grossa. Mães levando bebês às costas, pais sem paletó, mulheres de avental, uma variedade de tipos humanos em trajes caseiros vinha puxando a corda. Quanto às crianças, as maiores puxavam a corda e as menores incentivavam à beira da estrada.

Inclinadas a ponto de quase tocar o solo, havia também algumas mulheres miúdas puxando, rostos afogueados pelo esforço.

— Olhe, aquela ali sou eu. Estou com o rosto vermelho e os dentes cerrados. Pareço uma ameixa seca.

O barulho do tambor se tornou mais alto.

— Não fomos capazes de comprar uma sede, mas adquirimos este ônibus caindo aos pedaços numa liquidação do Departamento de Transportes. Por sorte, conseguimos alugar um terreno baldio logo abaixo do barranco.

De repente, o céu pareceu escurecer a partir das bordas e se encheu de nuvens.

Gotas de chuva começaram a cair. Era um aguaceiro de fim de tarde. Hatsue, que observava o ônibus, também conseguiu sentir os pingos. Imaginou que a câmera não deveria se molhar e a protegeu sob o agasalho. De repente, parou de sentir as gotas: o previdente Hirasaka havia trazido um guarda-chuva dobrável e o abrira sobre ela. *Quer dizer que, no fim da vida, partilho um guarda-chuva com um mocinho*, pensou.

— O destino do ônibus era o ferro-velho, de modo que o motor quebrou no meio do caminho. Um trator poderia tê-lo arrastado facilmente, mas, como não tínhamos dinheiro para isso, o que restou foi a força humana.

As gotas de chuva caíam ruidosas sobre o guarda-chuva.

Alguém gritou:

— Que fazemos, professora?

— Estamos quase lá! Por favor! Vamos continuar!

A voz ecoou, alta.

A chuva logo se transformou num aguaceiro. Estavam todos encharcados, mas continuaram a puxar o ônibus. Por causa de um ligeiro aclive no percurso, algum tempo se passou até finalmente atingirem o terreno baldio ao lado do barranco. Aos poucos, o grupo inteiro foi se enlameando. Muitos pequenos ajustes se tornaram necessários até encontrarem o posicionamento correto do veículo.

A chuva foi passageira, e logo o céu azul começou a surgir aqui e ali em meio às nuvens.

— E assim teve início o Jardim de Infância, cuja sede foi o ônibus. E eu fui a primeira diretora.

Raios solares incidiram na diagonal.

— Hoje, passados setenta anos, a sede do Jardim de Infância é um prédio de três andares de concreto e ferro, mas tudo começou com um ônibus velho.

A jovem diretora Hatsue se pusera de pé diante do ônibus.

— Concluímos o posicionamento. Senhoras e senhores, muito obrigada!

Vozes se ergueram em uníssono em torno do ônibus comemorando o feito. Crianças corriam ao redor, ignorando as poças. Em dias normais, talvez fossem repreendidas, mas naquele, estavam todos encharcados.

— Nossa, estão todos molhados da cabeça aos pés. E eu nem sei se o que me escorre pelo rosto é suor ou lama — disse Hatsue, posicionando a câmera. — Mas que feições gloriosas!

Hatsue enquadrou o ônibus e todos os presentes no visor. Enxugou o canto dos olhos na manga e perguntou:

— O botão era este?

— Esse mesmo — disse Hirasaka apontando.

Hatsue apalpou de leve a pequena saliência. Apertou até o meio e ouviu o som da lente projetando-se para fora da máquina.

O ruído do obturador da Canon Autoboy soou.

A chuva parou e Hatsue caminhava a esmo sobre o barranco. Com um salto, um sapo surgiu de repente da sombra de um arbusto que sustentava diversas gotas iridescentes.

Teria sido apenas impressão sua ou o sapo realmente se preocupara com a presença dela? Seja como for, saltitou perto de seu pé e retornou ao abrigo das folhas.

O vento que soprava sobre o barranco era agradável. Hirasaka se voltou e seu rosto expressou um convite mudo: *vamos?*

— Se você não se importa, que acha de aproveitar a viagem e andar à beira do rio até o sol se esconder? — perguntou Hatsue.

Ela sabia que o momento era chegado, mas sentiu pena de deixar para trás o vento, e até o mato ao redor.

Ao longe, eram visíveis as quatro chaminés-fantasma.

— Desde que o ônibus se transformou em sede do Jardim de Infância, as crianças faziam a maior balbúrdia dentro dele em dias de chuva. As cadeiras se transformavam em mesas, as alças de couro em brinquedos... Estreito e apertado como era, nós nos sentíamos felizes porque tínhamos um teto sobre a cabeça. Finalmente eu conseguira o meu Jardim de Infância — disse Hatsue, apertando os olhos para protegê-los do vento. — Depois da primeira experiência, realizamos bazares noturnos todos os anos, e também nos reuníamos para confeccionar roupas. Em seguida, fundamos o Departamento de Confecções, e aos poucos fomos juntando dinheiro para finalmente construir uma sede de madeira, sabe?

— Ah, a tão esperada sede feita de madeira, não é? Isso foi maravilhoso!

— E construímos um salão magnífico também. Uma vez pronto o salão, ficou mais fácil realizar jogos esportivos. E então começamos a pensar em comprar o sonhado piano.

— Piano?

— Pianos eram muito caros, mesmo naquela época. Achávamos que nunca conseguiríamos comprar um deles.

— Sei...

— Mas estávamos juntando dinheiro para essa finalidade, entende? E então recebemos doações, e, entre os doadores, sabe quem estava?

Hirasaka ficou pensando, sem nada dizer. Como ele não parecia chegar a conclusão alguma, Hatsue resolveu contar:

— A jovem mulher.

— Mas... aquela que mandava bilhetes reclamando do barulho, e que por fim acabou expulsando o Jardim de Infância?

— Ela mesma. Talvez quisesse compensar o malfeito daqueles dias, não sei ao certo. Segundo me disseram, ela também usou secretamente a sua influência para conseguir que conhecidos nos vendessem o melhor piano pelo menor preço. Eu soube disso muito tempo depois. Pode até ser que o piano não passasse de uma tentativa destinada a melhorar um pouco a minha voz desafinada, uma ironia bem ao estilo dela.

Enquanto juntos contemplavam o rio, um barco desceu correnteza abaixo. Em seu rastro, as ondas desenhavam linhas que cintilavam, iluminadas pelo sol poente. Imóveis, os dois observaram o rio até as ondas desaparecerem.

Hatsue sentiu a consciência vacilar um instante, e já estava de volta ao cômodo branco do estúdio fotográfico. A porta às suas costas já se encontrava fechada.

— Por favor, escolha as fotos restantes, sra. Hatsue. Enquanto isso, vou me dedicar a revelar o filme.

Pelo visto, o cômodo ao lado do depósito de equipamentos era um quarto escuro: quando Hirasaka abriu a porta, deixou à mostra um espaço do tamanho de seis tatames, onde havia uma estranha lâmpada vermelha e equipamentos que Hatsue nunca vira.

Hatsue se espantou.

— Um quarto escuro? Não entendo muito de fotografias, mas hoje em dia existem máquinas que revelam as fotos, não existem? Você vai revelá-las manualmente?

— Sim. Temos aparelhos de revelação automática, assim como copiadoras, é claro, mas...

Hirasaka se calou como se ainda quisesse sugerir alguma coisa. Parecia procurar um jeito de se expressar.

— Ah, espere um pouco: por acaso você gosta de revelar as fotos? — perguntou Hatsue, acertando em cheio, pois Hirasaka sorriu e disse:

— Isso mesmo. É apenas uma escolha pessoal.

Hatsue retomou o trabalho de verificar uma a uma a montanha de fotos sobre a escrivaninha. Ao examiná-las agora, descobriu que todas despertavam sentimentos nostálgicos. Dentre elas, separou as que mais a emocionavam.

Uma de quando a construção em madeira do Jardim de Infância ficara pronta. Outra da árvore recém-plantada, fina e oscilante. Do salão enfeitado para a formatura e do piano reluzente. Talvez não pudesse tê-las todas, mas continham as lembranças preciosas que a haviam moldado.

Passados alguns instantes, ouviu Hirasaka chamando-a:

— Sra. Hatsue, terminei a etapa de secagem do filme de há pouco. Quer ver?

Hatsue entrou no quarto escuro. Dentro, havia um cheiro peculiar, talvez de produtos químicos.

Naquele momento, Hirasaka estava usando a tesoura para cortar um filme longo que pendia do teto. Como o negativo era colorido e as cores estavam invertidas, não conseguia determinar se as fotos saíram boas ou não.

Sobre a pia, havia dois pratos quadrados rasos, lado a lado, com um líquido de cor estranha, mescla de vermelho, carmim e roxo. Ao lado deles, um prato com água. A água escorria da torneira em um fio fino.

— Preparei um mostruário com todos os retratos para que possa verificá-los um a um e escolher o que mais lhe agradar. Se quiser, observe o progresso passo a passo. Como o filme é colorido, o quarto vai ter de escurecer totalmente, mas aguarde um momento, por favor.

Hatsue se pôs ao lado de Hirasaka. Todas as luzes se apagaram e o quarto mergulhou na escuridão.

Instantes depois, uma luz se acendeu num aparelho.

— Sei que não é agradável permanecer no escuro, mas espere um instante. O processo é o seguinte: primeiro, mergulho o papel fotográfico no líquido revelador; depois, ponho-o de molho na solução branqueadora; em seguida, lavo-o em água corrente, e então a senhora já poderá ver a foto.

Hatsue percebeu que Hirasaka se movimentava no quarto escuro. Pelo visto, ele mergulhava o papel no líquido de cor estranha que vira momentos atrás. Mais um movimento.

— Está pronto — disse Hirasaka.

A luz se acendeu e Hatsue piscou. Viu então uma folha mergulhada na água. E nela, todas as fotos que tirara reduzidas a pequenos quadrados.

— Ah, as fotos saíram boas! — exclamou Hatsue, contente.

— Vou secá-las agora para que a senhora possa escolher a que mais lhe agradar.

No papel, posto a secar num aparelho, as fotos estavam dispostas lado a lado em perfeito alinhamento.

— Estou em dúvida sobre qual escolher... — disse Hatsue, examinando com uma lupa apropriada.

— Esta — apontou ela, e Hirasaka concordou:

— Também achei que a senhora escolheria esta.

Era a foto em que, sorridente, o grupo inteiro estava em pé diante do ônibus finalmente estacionado.

— Vamos então ampliar este quadradinho.

Em pé ao lado de Hirasaka, que trabalhava na foto, ela opinava:

— Olhe, escureça as cores um pouco mais, não, nem tanto, clareie um pouco, e aqui, se você carregar um pouco o vermelho, vai ficar ideal.

Hirasaka respondia a cada minuciosa instrução:

— Gosto quando me falam as preferências com clareza. Isso me ajuda muito, sabe?

Os exemplares rejeitados logo começaram a se acumular, o que levou Hatsue a comentar:

— Que pena! Estamos desperdiçando papel fotográfico.

— Nada disso — disse Hirasaka —, esta é apenas uma etapa necessária para alcançarmos a excelência. Vamos usar sem dó para juntos produzirmos o exemplar que realmente nos agrada. Se economizarmos nesta fase, nunca obteremos uma boa foto.

Quando já não havia mais o que retocar e conseguiram o almejado fruto de seu intenso trabalho, uma estranha sensação de solidariedade os uniu.

Hatsue se perdeu na contemplação da foto.

Partindo do ponto em que as nuvens se abriam, o sol da tarde incidia diagonalmente, como riscos provindos do céu. No centro brilhava o ônibus molhado, e as gotas no vidro da janela atestavam a violência da chuva que já se fora. Em pé diante do ônibus, ela exibia o glorioso sorriso dos que acabaram de esgotar toda a energia disponível. O cabelo estava grudado na cabeça, a roupa, encharcada, dificilmente haveria aparência mais deplorável, mas acreditava que aquele sorriso talvez tenha sido o mais bonito de toda a sua vida. Pais e mães da associação a rodeiam. Ali estavam a mãe com o avental de mangas arregaçadas e o pai da menina Mii-chan que, orgulhoso de sua força, exibia o braço musculoso. A um canto, a sra. Sakaida, elegante mesmo naquela situação. Era possível sentir que a emoção explodira no ar. Crianças corriam em torno, espalhando borrifos de água.

— Muito obrigada. Estou feliz por ver a última foto da minha vida com este magnífico acabamento.

— E eu estou contente por ter ajudado — replicou Hirasaka com ar satisfeito.

Depois disso, o trabalho de escolher as noventa e duas fotos continuou. Quanto tempo teria se passado em termos de horas? Ali, a noção de tempo se esfumaçava. Não havia dia nem noite, nem acontecimentos que pudessem ser associados a alguma hora, e ela mesma não sentia sono. Intercalando com descansos para tomar chá, e conversando sobre temas diversos, ela foi escolhendo as fotos uma a uma.

E contemplou a última. Nela, Hatsue estava deitada numa cama de hospital, e a irmã mais nova, que morava perto, tinha ido visitá-la com os filhos. *Nunca fui fisicamente graúda, mas, nesta foto, pareço muito pequena, como um balão murcho*, pensou. A irmã apertava-lhe a mão, e os sobrinhos levavam o lenço aos olhos.

Tornou a contar: noventa, noventa e um, noventa e dois..., certificando-se de que não errara na contagem.

Ao ver o volumoso maço das fotos escolhidas, Hirasaka comentou:

— Vai valer a pena montar este caleidoscópio.

Hatsue notou então que Hirasaka examinava com uma lupa, uma a uma, todas as fotos escolhidas sobre a mesa de trabalho.

— Que beleza. Eu a invejo — suspirou ele e continuou a trabalhar.

A escolha terminara, e Hirasaka também parecia mais descontraído.

— Há pouco, a senhora perguntou sobre o tempo em que eu era vivo, não foi?

— Sim, mas tudo bem se você não tiver vontade de falar, não tem importância.

— Na verdade... Eu não me lembro de nada.

Hirasaka verteu cuidadosamente um produto químico num béquer.

— Como assim, não se lembra?

— Normalmente, quando uma pessoa falece, é razoável que ela tenha fotos que a lembrem de sua vida, como no seu caso. Mesmo uma pessoa que sofre da doença de Alzheimer, embora pareça à primeira vista que perdeu a memória, ela a recupera ao chegar aqui. E também existem as fotografias do seu passado. Nos últimos instantes da vida, todos, sem exceção, são capazes de voltar o olhar para o que foram um dia. Mas eu não tinha nada. Nem lembranças, nem fotos. Parece-me que houve um erro, e eu realmente sou a exceção à regra. Cheguei aqui como um navio sem amarras. O que eu tinha na mão era apenas uma foto. Uma simples, e não carregada de lembranças. Estou nela, mas não me lembro quando foi tirada, nem quem a tirou, não me lembro de nada.

Ah, então foi isso, pensou Hatsue.

— Que tipo de foto? Talvez haja uma pista nela, por exemplo, na paisagem ao fundo. E até pela roupa talvez se consiga estabelecer o ano em que a foto foi tirada.

Se Hirasaka fosse mulher, seria mais fácil deduzir pelo penteado ou pela padronagem do vestido, pensou Hatsue. *Seja como for, deveria haver um indício em algum lugar.*

— Seguindo esse mesmo pensamento, eu mesmo pesquisei, mas não encontrei nenhuma pista, nem nada me ocorreu. Parece ter sido tirada no meio de uma montanha, mas...

Assim dizendo, Hirasaka se afastou para buscar a foto. Logo, ele a apresentou a Hatsue: estava num porta-retratos de moldura branca. Hirasaka encarava a câmera, sorridente. Em preto e branco. Parecia haver uma montanha ao fundo, mas não era possível ter certeza. Tanto o cabelo quanto a roupa em nada diferiam dos que ele usava naquele momento. A camisa também era social, e branca.

Não era possível inferir coisa alguma. Talvez ele estivesse sentado no chão, pois a área acima da cabeça era visível. Ou quem tirou a foto poderia estar agachado. E isso era tudo.

Hatsue devolveu o porta-retratos.

— Mas creio que você viveu da melhor maneira até chegar aqui. Isso se percebe só de olhar esta foto. Seu sorriso é bonito.

— Acha mesmo? — perguntou Hirasaka enquanto manipulava equipamentos e lançava um olhar de esguelha para Hatsue. — A única coisa de que se pode ter certeza é que não fui alguém importante que tenha feito uma grande descoberta, ou um herói que morreu salvando a vida de outra pessoa, ou um quadrinista famoso cuja morte foi lamentada por todos....

Havia um sorriso autodepreciativo nos lábios de Hirasaka.

— Como você pode ter tanta certeza? Quem sabe você foi alguém maravilhoso que eu não conheci?

Hirasaka meneou a cabeça, negando.

— Não, nada disso. Eu venho acompanhando aqui a despedida de centenas, de milhares de pessoas, de tanta gente que até perdi a conta. Acho que, se eu fosse alguém tão famoso, na certa haveria alguém, nem que fosse só uma pessoa no meio de tantas, que, ao me ver, diria: "Ah, o senhor é fulano de tal, não é?" Se eu tivesse sido um empresário bem-sucedido, ou uma celebridade com muitos amigos, acho que alguém me reconheceria. E se eu fosse um colecionador obcecado por alguma coisa e encontrasse o objeto do meu interesse por aqui, reagiria de alguma forma. Acho que minha vida foi medíocre e, em meio a essa mediocridade, morri de maneira a não restar na memória de ninguém. Nada fiz capaz de impressionar as pessoas, vivi uma vida banal. Talvez seja até melhor eu não saber.

Hatsue não encontrava palavras de conforto.

— Mesmo assim — disse ela, e sua voz saiu forte sem querer —, se pensar ao contrário, isso significa que você não foi um assassino medonho, ou um prisioneiro condenado à morte. E isso, apesar de tudo, é um ponto positivo.

Teve a impressão de que Hirasaka sorrira de leve.

— Talvez seja, realmente.

O barulho do equipamento manipulado por Hirasaka continuava a soar. Sempre trabalhando e movendo as mãos com gestos fluidos, voltou a falar:

— Enquanto estou aqui ajudando as pessoas a partir, algum dia, talvez, do nada, eu me lembre de alguma coisa, ou me encontre com alguém que me conheceu bem...

— Pena é você não ter sido um dos meus alunos do Jardim de Infância, pois eu me lembro de todos eles, sem exceção... Aquele que gostava de andar sobre pernas de pau, o que sempre chegava por último nas corridas...

— Muito obrigado. Eu mesmo não tenho muito apego pela vida, e, claro, eu até poderia partir para o além sem recuperar a memória, mas isso seria um tanto depressivo. Afinal, o que sou eu, este ser prestes a chegar ao fim da vida sem se lembrar de nada e sem que ninguém se lembre dele... Morrer de maneira medíocre depois de viver uma vida medíocre... Minha vida teria tido algum sentido, alguma importância? Para que eu vivi?

Sentido da vida, sua importância..., pensa Hatsue.

No decorrer da nossa vida, chega um momento em que, depois de muito pensar numa determinada pessoa, entregamos a ela um pequeno presente de palavras, muito embora não saibamos se fomos capazes de elaborar um bom presente. E esse momento havia chegado.

— Quando formamos um grande número de crianças e as vemos partir do Jardim de Infância para a vida, notamos que algumas alcançam sucesso social, e outras, não. Mas a vida de todas elas é um tesouro inestimável, entende? Mesmo quando não se tornam importantes. Mesmo quando não se tornam famosas. Eu mesma acho que foi para mim uma grande felicidade ter você, Hirasaka, como meu interlocutor nos últimos momentos de minha vida.

Com as costas voltadas para Hatsue, Hirasaka permaneceu imóvel por alguns instantes, pensativo.

— Muito obrigado. Suas palavras também me fazem feliz — disse ele, calando-se em seguida.

Uma vez terminado, o caleidoscópio se transformou numa imensa lanterna, joia de lapidagem intrincada com uma infinidade de cores incrustadas.

— Lindo — disse Hatsue.

Parecia que cada uma de suas preciosas lembranças ali coladas emitia luz própria.

— Quando este caleidoscópio começar a girar, aprecie-o sem pressa até ele parar. Pois, no instante em que parar, terá chegado o momento da sua partida. Muito bem, vamos começar — disse ele, tocando de leve no aparelho.

Hatsue não sabia que mecanismo havia ali, mas a luz permeava a foto, e luzes de inúmeras cores começaram a brilhar e a girar.

Primeiro ano: o pai e a mãe, lado a lado, seguravam desajeitados uma criança nos braços, como se ela fosse o tesouro mais precioso do mundo.

Segundo ano: tomando banho de sol na varanda com uma faixa protegendo a barriga.

Terceiro ano: dormindo nas costas da mãe, cabeça pendendo para o lado.

O caleidoscópio continuou a girar. Houve momentos inacreditáveis em que tudo dava certo, e outros em que nada do que fazia funcionava. Houve coisas que não fazia questão de se lembrar, assim como experiências maravilhosas que lhe confortavam a alma toda vez que se lembrava delas.

Vigésimo sétimo ano: dia do casamento, a noiva tímida. Contudo, o quimono branco não lhe caiu muito bem.

Os instantes recortados de uma vida vão passando, projetando o brilho peculiar de cada um deles.

Trigésimo quinto ano: a sede do Jardim de Infância, construída com tanto custo, invadida pela água de uma inundação. Com água até as coxas, todos ajudam a erguer o precioso piano sobre um tablado.

— Crianças são o tesouro deste mundo. Se eu renascer, gostaria de ser educadora infantil mais uma vez.

— Rezo para que isso aconteça.

No rosto de Hirasaka, em pé ao lado, piscavam inúmeros tons de cor.

Hatsue falou para o perfil de Hirasaka:

— Cuide-se. Não trabalhe demais.

— Sim, senhora.

Hirasaka voltou-se, e sua expressão se desmanchou de súbito.

Não era mais o semblante polido de até então, mas vislumbrar essa expressão no último instante alegrou Hatsue.

— Não posso afirmar que não restaram coisas por fazer, mas, de um modo geral, estou satisfeita. E foi bom conversar com você no final, Hirasaka.

— Também penso o mesmo.

Com os olhos no caleidoscópio, Hatsue se calou por um momento.

— Desejo do fundo do coração que você tenha paz daqui em diante, Hirasaka — disse Hatsue.

Conforme a velocidade das luzes foi diminuindo, cada uma das lembranças mergulhou em suas retinas, trazendo consigo um vivo colorido.

— Ah, é a última foto!

Diante de seus olhos, chegou aquela do grupo sorridente na frente do ônibus.

A luz se tornou mais intensa, e uma suavidade colorida envolveu aos poucos a consciência de Hatsue.

Silenciosamente, o caleidoscópio parou.

A luz se intensificou, e a cor branca envolveu todo o ambiente.

A imagem de Hatsue se dissolveu nessa luz forte, esmaeceu, e, na altura em que a claridade voltou à intensidade inicial, Hatsue já não se encontrava em lugar algum.

Hirasaka estava sozinho outra vez. Diante do caleidoscópio de Hatsue, ele redigia o relatório à luz de uma pequena lâmpada junto à mão. Seus pensamentos vagueavam.

Exibindo cores complexas, o caleidoscópio de Hatsue lançava uma suave luminosidade sobre o chão branco.

Era típico dela pensar apenas nos outros, e não em si, até o último momento, considerou Hirasaka. Crianças que crescem orientadas por uma professora como ela devem ser felizes.

Ele acreditava que Hatsue tinha partido satisfeita com a vida que levara.

Ele já vira inúmeras pessoas que não conseguiam aceitar a própria morte. Mas, no instante em que se davam conta de que não havia maneira alguma de escapar daquele lugar e que já não existia para onde retornar, as pessoas desistiam de tudo calmamente. E, desistindo de tudo, resolviam seguir adiante. Hirasaka vinha acompanhando com admirável estoicismo todo o processo de ira e tristeza dos que morriam.

Por vezes, animava as pessoas com palavras de conforto; em outras, ouvia horas a fio suas histórias cheias de rancor, assim como suas lamúrias lacrimosas por coisas que deixaram de realizar. Àquelas que choravam sem parar, lembrando os familiares que deixaram para trás, Hirasaka consolava apenas estando ao lado delas, ou deslizando as mãos por suas costas em silêncio até se acalmarem.

No começo, porém, houve um tempo em que ele apenas colava em caleidoscópios modestos as fotos impressas, sem nem as rever.

Mas o tempo passou, e ele começou a sentir que se desgastava naquele trabalho repetitivo que lembrava uma linha de montagem automatizada e do qual não podia fugir. Lentamente, ele foi perdendo o ânimo.

Nessa situação, o trabalho no quarto escuro foi o único prazer que conseguiu encontrar.

No interior do quarto escuro, Hirasaka mergulhava o papel fotográfico no líquido revelador e, passados alguns instantes, via a imagem aflorar de leve. Acentuar as cores no indivíduo, suavizar a área ao fundo. Evidenciar a luminosidade. Sempre pensando na foto como uma obra de arte, procurava dar a ela o melhor acabamento e alcançar o melhor dos resultados. Realmente, todo o esforço era para o benefício tanto dos que partiam contemplando a última foto de suas vidas, como também para si.

Apenas para poder avançar por essa longa estrada sem fim. E também para poder se preservar.

Os mortos passavam uns após os outros diante de seus olhos. Cada um trazia consigo várias fotos, permitindo-lhe ver, no interior daquele estúdio fotográfico, um pouco do brilho de suas respectivas vidas.

Perguntou-se se o dia de ele recuperar a própria memória chegaria.

Depois de escrever a última palavra no formulário, Hirasaka ergueu-se. Pensando em tomar uma xícara de café na sala de visitas, pegou o moedor de grãos.

De repente, seus olhos se encontraram com os dele mesmo na foto. Em preto e branco, sorria diretamente para ele. Hirasaka já a contemplara milhares de vezes.

Cerrou os olhos.

Para quem ele teria sorrido daquele jeito? Qual o sentido daquela foto? Não sabia.

Hirasaka continuava apenas à espera do momento em que alguém que o conhecia surgiria.

Naquele instante, se abrisse os olhos, um novo morto haveria de chegar.

Eis por que resolveu permanecer só mais um momento de olhos fechados. Hirasaka os cobriu com a palma das mãos.

* * *

Estou caindo, pensou Hatsue.

Abriu os olhos e, de repente, viu-se em pé diante do Jardim de Infância. Como com certeza não estava sonhando, sua presença ali só podia significar que, até o último instante, o Jardim de Infância era alvo de seus cuidados.

Em frente à instalação havia uma jovem de escarpins grandes demais para os seus pés. Usava um tailleur e fixava um olhar tenso no relógio. Na certa aquele era o dia da entrevista, e ela estava prestes a se encontrar com a diretora.

A jovem desviou o olhar para um papel em suas mãos e pareceu ler as palavras ali escritas em voz baixa.

— Sou Michi... Muito prazer em conhecê-la... O motivo da minha escolha... Meu ponto forte é a persistência...

Querendo saber o que ela escrevera no papel, Hatsue se aproximou da jovem, que estremeceu e se virou.

— Ah, b-bom dia — disse a jovem.

Aparentemente, ela a via.

— Olá, bom dia. Suponho que você seja a nova professora.

A jovem pareceu genuinamente espantada.

— Como assim? Deu para perceber? Sim, hoje é o dia da entrevista — disse ela.

Parecia rígida de tensão.

— Eu também fui professora do Jardim de Infância, embora hoje eu seja esta velhinha enrugada.

A moça sorriu de leve.

— E a senhora achava o serviço exaustivo?

— Claro que era. As costas doem.... Mas as crianças são a recompensa. A cada dia que passa você nota diferenças. Seja como for, crianças são o tesouro deste mundo.

A jovem meneou a cabeça em concordância e voltou o olhar para a escolinha. O olhar era inseguro, mas repleto de esperança. *Um olhar positivo*, pensou Hatsue.

— Ouvi dizer que esta escolinha existe há muito tempo.

Hatsue concordou:

— Isso mesmo, esta escolinha existe desde muito, muito tempo atrás.

Havia tanta coisa que queria contar, mas conteve as palavras e apenas sorriu.

— Boa sorte, professora Michi.

— Muito obrigada... Ora essa...

Hatsue percebeu que se tornara invisível. O olhar da jovem a procurou por todo canto, pois o desaparecimento repentino de Hatsue a espantara. Com um sobressalto, a jovem olhou o relógio e, alarmada, seguiu a passos rápidos na direção do Jardim de Infância.

Vozes infantis ecoavam no céu azul. Hatsue também começou a caminhar na mesma direção: antes de ir para o além, quis espiar o pátio.

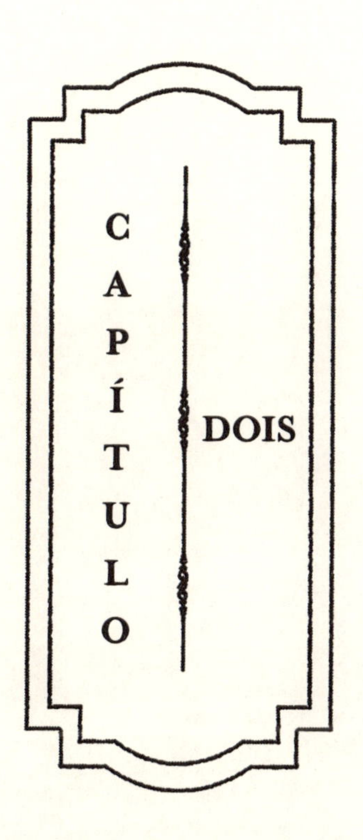
CAPÍTULO
DOIS

Foto 2: O rato e o herói

A área externa visível pela janela do estúdio está sempre na penumbra. Um dos visitantes que passaram por ali havia ensinado a Hirasaka que o crepúsculo "era a hora do Mal". Disse ele que o momento de transição entre dia e noite era a hora propícia para o aparecimento do Mal.

Uma sombra cruzou a janela por fora, e as batidas em ritmo alegre soaram à porta outra vez.

— Entrega! Entrega para o sr. Hirasaka! — disse a voz já conhecida.

Impressionante como este homem repete a mesma coisa vezes sem conta mas parece sempre animado, pensou Hirasaka, abrindo a porta.

Do lado de fora ele encontrou Yama, que, com o uniforme de entregador e o boné com a pala voltada para trás, viera como sempre empurrando um carrinho de mão.

— A sua próxima visita é um garoto lindo, viu?

— Está mentindo outra vez. Pelo volume de fotos, é um homem de meia-idade, sem dúvida — disse Hirasaka, sorrindo e assinando o recibo.

— Você me pegou na mentira. Mas seu visitante de hoje vem com uma tarja vermelha. Sinal de que vai haver violência, muita violência. Pode ter certeza.

Sobre a pasta que Yama lhe mostrava havia realmente um adesivo vermelho.

Adesivos vermelhos alertavam para mortes não acidentais, ou seja, aquelas infligidas por mão humana, como assassinatos ou suicídios.

Como o problema nada tinha a ver com ele, Yama parecia até empolgado.

— A causa da morte foi o quê? Uma briga?

— Ding-dong! Errado! Não foi briga!

Não estamos num programa televisivo de perguntas e respostas, pensou Hirasaka, suspirando, levemente irritado.

Hirasaka preferia não passar os olhos pelos dados do visitante antes de sua chegada para não alimentar ideias preconceituosas, preferindo, em vez disso, conhecer o indivíduo e o seu jeito de ser através de uma comunicação interpessoal franca. Dessa forma, não corria o risco de decretar: você é dessa laia. Essa espécie de presunção categórica e a superficialidade condescendente dos que pretendem conhecer tudo a respeito do outro às vezes acabavam transparecendo e dificultando uma despedida harmoniosa.

No entanto, Hirasaka havia decidido que os visitantes com tarja vermelha precisavam de conhecimento e preparo antecipados.

Yama passou os olhos pelo documento e então disse, todo cheio de si:

— A resposta correta é... assassinato por arma branca! Morte por hemorragia resultante de uma única estocada pelas costas, dada com uma *katana*.

Só de ouvir isso, Hirasaka teve vontade de pôr as mãos na cabeça e gemer. A próxima partida seria tumultuada, com certeza. Sabia que o visitante não surgiria ali todo ensanguentado: pelo contrário, ele apareceria com o aspecto mais saudável do tempo anterior à sua morte. Mas era difícil imaginar que um indivíduo que experimentou esse tipo de morte fosse rever o próprio passado de maneira calma e prazerosa. Ele não fazia ideia de que, nos dias de hoje, alguém pudesse ser morto com uma estocada de *katana*.

— *Katana*? Como assim? Estamos falando dos dias atuais, não estamos?

— Sim, de hoje.

— Ele era integrante da organização criminosa *yakuza*?

— Pelo visto, era.

Yama dobrou o documento e o pôs debaixo do braço.

Hirasaka ergueu a caixa para verificar o peso.

— Mudando de assunto, até quando você pretende ficar por aqui, Yama? Faz muito tempo, não faz?

Yama já estava aqui antes de Hirasaka assumir o posto no estúdio fotográfico. Pelo modo de falar e agir dava a impressão de ser jovem, mas, pelo tempo que se passou... Quando Hirasaka assumira o posto, Yama lhe explicara a função. As regras, o trabalho a fazer e as dicas de como efetuar a despedida.

— Eu até que gosto deste trabalho, sabe? Acho que entregar as fotos aqui e ali condiz com a minha personalidade — afirmou ele.

Hirasaka não tinha como saber por que não podia dar um passo sequer para fora do estúdio, mas, de acordo com o que Yama lhe dizia, deduziu que havia outros estúdios semelhantes àquele. Neles, despedidas deviam ser conduzidas da mesma forma que ali.

— Bem — disse Yama, repondo o boné —, acho que vou andando. Tenho de fazer a próxima entrega. Quanto trabalho todos os dias, não é mesmo? Tanto para o senhor como para mim. Se bem que o relógio está parado para nós dois...

Yama acenou a mão de leve e se foi.

Hirasaka ajeitou o ambiente para o próximo visitante, sr. Shōhei Waniguchi, que tinha sido trespassado por uma *katana*.

Que a próxima partida se realize de maneira satisfatória, e que a foto agrade o visitante. E que esta seja a vez em que recupero a lembrança que tanto procuro, rezou Hirasaka.

* * *

Waniguchi acordou.

Mal abriu os olhos e viu um homem desconhecido que, com um sorriso cortês, lhe disse:

— Seja bem-vindo.

Waniguchi saltou em pé numa fração de segundo. Lançou um rápido olhar para a direita e deu um passo grande para a esquerda. Já estava às costas do desconhecido, sem dificuldade. Envolveu o pescoço do homem com um braço e o enforcou. Foi fácil.

Enquanto o enforcava, sussurrou no seu ouvido:

— Ô malandro, qual é a tua?

Waniguchi tomava decisões com rapidez. Acordar e se ver deitado em um lugar desconhecido significava que fora dopado e sequestrado, e tudo que estava por acontecer dali em diante coisa boa não era. Por exemplo, tortura. Por exemplo, morte exemplar.

Waniguchi havia chegado a essa conclusão em um segundo. E o ataque, quanto mais rápido, mais eficaz.

Como o desconhecido ofegava por uma brecha em seu braço, Waniguchi resolveu afrouxar um pouco o aperto.

— A violência... é inútil...

— Cala a boca, malandro. Eu te mato, entendeu?

— Já... estamos mortos... nós dois, sr. Waniguchi.

Quando Waniguchi afrouxou o aperto, o homem caiu de cócoras no chão.

Seus ombros eram magros.

— Que papo é esse de a gente já estar morto? Fala de uma vez!

Em pé ao lado do desconhecido, Waniguchi o observou de cima. Posicionou o sapato ao lado do dedo do estranho para poder pisar e feri-lo com rapidez, caso fosse necessário.

— O senhor faleceu. Ainda agorinha. O senhor não se lembra disso?

Lembrar... até que ele se lembrava.

O sujeito viera por trás e... ele sentira um ardor instantâneo. Não dor, mas ardor. Viu uma ponta afiada cor de sangue se projetando para fora do próprio ventre e percebeu que se tratava da ponta de uma arma branca. E depois foi tomado por um frio intenso.

— Ah... quer dizer que eu morri mesmo, espetado.

O homem agachado a seus pés se ergueu massageando o pescoço.

— Sim, o senhor faleceu há pouco. Por isso está aqui.

Waniguchi apalpou a barriga, mas não sentiu dor nem encontrou o ferimento.

— E tu, homem, o que é? Um deus?

Enquanto contemplava o desconhecido, Waniguchi pensou: *E o que acontece se eu matar este deus?* O homem talvez tenha sentido a intenção assassina, pois se afastou alguns passos e disse:

— Não. Sou humano como o senhor. Não passo de um simples guia. Mas, se o senhor continuar a me sujeitar à violência, coisas não muito agradáveis ocorrerão. E, nesse caso, o senhor já não poderá ir para nenhum outro lugar. Estará num beco sem saída.

— Homem, tá querendo me assustar, é?

Ele agarrou o estranho pelo colarinho e o fulminou com o olhar, mas o outro sequer pestanejou. Até então, a maioria dos homens tremera diante desse olhar, mas este nem piscara. *Ora essa, se esse cara e eu não estamos quase mortos, mas totalmente mortos, não tem jeito de maltratar mais um pouco,* pensou. O tradicional e seguro bordão — "quer morrer, picareta?" — não funcionava.

Quando soltou o colarinho do desconhecido, este alisou a roupa amassada.

— Eu me chamo Hirasaka. Minha função é proporcionar uma partida calma e harmoniosa a todos que vêm a este estúdio.

— Partida pra onde, homem?

— Para o assim chamado "além".

— Ora essa, homem, e tu acha que eu vou pra lá, se já sei que estou indo pro inferno?

Já não se lembrava quantos tinham sido os crimes registrados em sua folha corrida, desde os mais leves até os mais graves. Impossível não ter sido odiado, uma vez que violência era algo exaltado em seu emprego. Tanto que, naquele momento, com certeza havia muita gente festejando sua morte no mundo real.

— Eu também não sei bem como é o mundo para onde o estou mandando. Parece-me, pelo que dizem, que o além não está dividido entre céu e inferno.

— Como é, então?

— Antes de mais nada, acalme-se, por favor, e venha para cá — disse Hirasaka, tentando levar Waniguchi para dentro do ateliê. — Vou lhe servir uma xícara de café.

— E saquê, homem? Saquê!

— Temos sim. Temos um grande sortimento de bebidas alcoólicas.

— E Booker's? — perguntou Waniguchi, nomeando um famoso tipo de *bourbon*.

— Vou lhe servir. Por favor, venha para cá.

Waniguchi acompanhou Hirasaka.

Ele tinha sido trespassado fazia pouco tempo, mas a bebida desceu por sua garganta como sempre, umedecendo-a. E, como sempre, o estômago se aqueceu suavemente. Por entre as pedras de gelo da bebida *on the rocks*, o líquido se movia como uma leve névoa.

— Como é, homem? Nenhum aperitivo? — perguntou, e lhe foi servida uma porção de *jerked beef*. Mastigou com os molares, e o gosto da carne se espalhou pela boca.

— O que eu fiz há pouco não foi legal, me desculpe. Bebe comigo, homem.

— Nesse caso, vou me servir também.

Hirasaka parecia ser resistente ao álcool, pois bebeu sem que seu rosto registrasse qualquer alteração.

— Agora entendi, eu morri de verdade...

Falou por falar, pois a própria morte não lhe pareceu real. O gosto agradável da carne e da bebida na boca era idêntico ao de quando ainda estava vivo.

— Sim. Sinto muito. Este estúdio fotográfico existe num ponto intermediário entre a vida e a morte.

Estúdio fotográfico era o tipo de coisa que não lhe dizia respeito. Agora, fotografia era aquilo que se tirava com cara amarrada, segurando uma placa com um número.

— E por que tem de ser um estúdio fotográfico? Isso não tem nada a ver comigo.

Hirasaka lhe serviu mais uma dose de bebida.

— Preciso que o senhor escolha algumas fotos, eis a razão. Quarenta e sete, para ser mais preciso, conforme a sua idade.

— Escolher? Eu? Deixo por tua conta, homem.

— Mas é aí que está o problema: as fotos têm de ser escolhidas pela sua pessoa. Caso contrário, a seleção não fará sentido, pois é o caleidoscópio da sua vida, sr. Waniguchi.

— Que história mais sem pé nem cabeça, homem... E se for um bebê que não consegue escolher, o que acontece?

Hirasaka pareceu momentaneamente aturdido. Gente incapaz de escolher podia aparecer por ali, lógico, e, naturalmente, esse tipo de dúvida surgiria, ponderou Waniguchi.

— Nesses casos, eu pego o bebê no colo e peço a ele que escolha.

— E tu vai saber o que ele escolheu?

— Sim. Ele vai querer tocar, ou vai olhar e sorrir.

Claro..., pensou Waniguchi, comovido. *Um bebê novinho desses não consegue viver, mas um sujeito como eu vive na maciota até os quarenta e sete anos... Tem alguma coisa errada com este mundo.*

Desse ponto em diante, Hirasaka passou a explicar resumidamente o processo de fabricação do caleidoscópio. A exposição terminou mais ou menos no momento em que Waniguchi acabou de comer seu *jerked beef* e começou a sacudir o saquinho vazio, virando-o de cabeça para baixo.

— E daí eu escolho as fotos. Quarenta e sete delas.

— Isso mesmo.

— Por último, fico olhando o caleidoscópio e revendo minha vida toda.

— Exatamente.

— Não tenho paciência!

— Não diga isso.... — murmurou Hirasaka com os lábios franzidos de alguém que, prestes a suspirar, se contém.

Waniguchi pensou: *Uma vida como a minha já começa errada desde a fertilização do óvulo, e o modo como minha mãe me criou foi no mínimo absurdo. E deu no que deu. A esta altura, a vontade que eu tenho de rever o meu passado é tão grande quanto um cocô de formiga.*

Ele tocou vagamente a cicatriz deixada em sua face por uma espada. O ferimento era antigo, e, ao tocá-lo, sentiu como se só ali a carne tivesse sido raspada.

— Por favor, pense bem. Daqui o senhor não poderá ir a lugar algum.

— Mulheres?

— É claro que não temos.

Waniguchi observou Hirasaka como quem não quer nada. *Se este sujeito fosse mulher, até que seria divertido,* pensou.

Levemente constrangido, Hirasaka cruzou os dedos.

— Hum...

— Quer dizer que eu tenho de escolher essas fotografias para seguir em frente.

— Isso, isso mesmo — disse Hirasaka, parecendo um tanto aliviado.

— Nesse caso, traz aqui essas malditas fotos. Já que não tem jeito, eu escolho.

E assim Waniguchi começou a selecionar suas fotografias. Os retratos de sua vida espalhados sobre a escrivaninha eram tantos que isso até lhe causou espanto. À média de um por dia, inúmeras fotos antigas começaram a surgir. Waniguchi experimentou uma estranha sensação ao se ver ainda criança em pé na varanda de um apartamento em péssimo estado. Naquele tempo, ainda não tinha a cicatriz do golpe que uma *katana* lhe deixara na face, e tampouco as tatuagens nos ombros e nas costas. E, lógico, tinha todos os dedos das mãos. *Eu era uma criança normal, mas meu olhar era penetrante,* pensou.

— Quer dizer que eu tenho de escolher dentre estas fotos.

Hirasaka acenou, anuindo.

— Isso mesmo. Quero que sua vida até o dia de hoje seja revista pelo senhor na forma de um caleidoscópio.

— Para mim, tanto faz como tanto fez.

Nem realizei grandes feitos.

— Ainda assim, é o testemunho de sua vida. Eu o ajudarei na confecção do caleidoscópio — disse Hirasaka. — E depois quero que o senhor veja este outro espaço.

Um cômodo quadrado totalmente branco lhe foi apresentado. Tudo, sem exceção, era branco. *Parece até ala psiquiátrica, dessas que internam viciados,* pensou Waniguchi.

— É neste cômodo que acenderemos as luzes do seu caleidoscópio.

Tá bom, tá bom, ele acena a cabeça, dando a entender que compreendera e desmanchando a pilha de fotos com ambas as mãos.

— Caramba! Que raios é isso? — esbraveja Waniguchi. Era ele sendo carregado com uma enorme mancha vermelha sobre o ventre.

— Sinto muito, mas como são fotos de sua vida inteira, entre elas está também a do dia em que o senhor faleceu.

— Sou eu na foto, realmente, mas convenhamos: é bem grotesco.

A foto registrou um sapato num canto. O costumeiro sapato preto. *Ora essa, o sujeito — o Rato — estava ali naquele momento!*

— Achei!

Não demorou a encontrar a foto que procurava. Olhos esbugalhados, boca pequena e dentes proeminentes, baixinho, conforme se percebia até pela foto, e corcunda. O crânio era volumoso, mas o queixo era pequeno e pontudo. De cabelo, ele só tinha alguns fios superficiais, crescendo em pé, ondulantes.

As orelhas eram grandes e se projetavam à esquerda e à direita, e o conjunto era... ora, ele era o Rato.

— E este, é seu irmão?

— Claro que não, idiota. Este sujeito é o Rato.

— E Rato seria o apelido dele?

— Ele se chama Nezu Michiya, mas viu como ele se parece com um rato? É funcionário da empresa. Ninguém o chamava de sr. Nezu, ele era Rato pra todo mundo. Restaurador de profissão, era... era um sujeito bem peculiar. Do tipo que conversa com ETs. Mas, como restaurador, era excepcional.

Waniguchi pensa por alguns momentos. Aos poucos, começa a monologar.

— E a foto daquele dia? Onde está? — disse, novamente remexendo nas fotos com ambas as mãos e desmontando a pilha. — A-achei. Ei, que porcaria é esta, que raios aconteceu aqui? Ela está apagada.

Seu jeito de falar tornara a assumir um tom intimidatório. A foto em questão tinha o centro esmaecido, como se uma luz branca tivesse incidido sobre ela, deixando visível apenas os pés. Dos tais pés, um par calçava sapatos de couro de cobra, o do lado era menor e de lona preta, e o par restante era infantil.

Hirasaka disse, levemente afobado:

— Ah, então, se por exemplo a foto não fica guardada num canto qualquer, quer dizer, quanto mais importante é a foto, mais as pessoas a pegam nas mãos para contemplá-la. E, quanto mais a veem, mais as cores esmaecem e os contornos se tornam indefinidos. O mesmo acontece com as lembranças.

Waniguchi estala a língua, impaciente, e reclama:

— Não presta mais.

— Não se preocupe. Podemos restaurar esta foto apagada.

A afirmação foi inesperada.

— Raios, e de que jeito?

— Será por apenas um dia, mas o senhor poderá retornar ao passado para bater outra vez este retrato. No mesmo lugar, na mesma hora, e com a máquina fotográfica de sua preferência.

Voltar ao passado. Ao local onde esta foto foi tirada...

— O que acha?

— Bem... — murmurou Waniguchi, sem tirar os olhos da fotografia do Rato. — Veja bem, não é que eu tenha tanta vontade assim de voltar só para rever o Rato...

— Então não iremos.

— Espera. — Waniguchi deixou escapar. — Se não tem outro jeito, até posso voltar, já que não tenho nada a fazer por aqui. Vou ver o mundo pela última vez.

Apontou a foto com o dedo.

— Isto aqui é a véspera do Natal do ano passado. Estávamos eu, o Rato e um moleque, nosso cliente, no meu escritório.

— Certo — diz Hirasaka, anotando. — Quanto à câmera, temos de todos os tipos possíveis e imagináveis. Se tiver alguma que seja de sua preferência, basta dizer. Venha para cá, por favor.

Assim dizendo, Hirasaka se ergueu e conduziu Waniguchi para o outro cômodo.

— Este é o depósito de câmeras. Diga-me de que tipo o senhor gosta, e eu escolherei a que mais se aproxima do seu gosto.

— Câmera do meu gosto? Eu é que tenho de tirar a foto? Que amolação... Deixo por tua conta!

— Não diga isso. A foto a ser restaurada terá de ser tirada pelo senhor, esse é o regulamento.

Assim dizendo, Hirasaka abriu a porta do depósito de máquinas fotográficas. Realmente, Waniguchi viu ali uma série de câmeras lotando as prateleiras.

— Nesse caso — disse Waniguchi, cruzando os braços na altura do peito e pensando —, quero uma Leica IIf, e a lente tem de ser Elmar. Lente Elmar F2.8.

Impressionado, Hirasaka observou:

— Não sabia que gostava de câmeras. E que gosto apurado.

— Não é nada disso — retrucou Waniguchi. — Sabe o Rato? Pois ele viu esse conjunto uma vez e disse: "Lindo!" E eu meio que guardei na cabeça. Além disso, nós tivemos esse modelo na empresa, mas vendemos em leilão: Leica IIf e Elmar F2.8. O Rato nunca dizia esse tipo de coisa, não mesmo.

— É realmente um conjunto vistoso. Vou buscá-lo.

A Leica IIf que lhe foi apresentada se encaixou à perfeição na palma da mão de Waniguchi. Tinha formato arredondado e peso ideal, e ele não tinha mais vontade de largá-la. Rebobinou-a, apertou o botão do obturador e viu a câmera funcionar com um ruído suave, que não parecia de máquina. Apertou mais algumas vezes.

— Até que serve.

Hirasaka sentiu alívio ao notar os sinais de satisfação de Waniguchi.

Waniguchi espiou pelo visor da Leica IIf. Experimentou ajustar o foco em Hirasaka. A imagem duplicada de Hirasaka se sobrepôs numa única e olhou para ele.

Entregou a Leica e disse:

— Ei, Hirasaka, bote um filme nisto aqui.

— Sim, agora mesmo.

Hirasaka pegou a câmera e começou a manuseá-la sobre a bancada de trabalho. Curioso, Waniguchi espiou e percebeu que ele cortava a ponta do filme para facilitar sua introdução. Lembrou que o Rato fazia o mesmo nos testes pós-consertos.

— Não entendo muito dessa coisa de exposição, então, quando chegar a hora, ajuste o foco e me passe a câmera.

— Sim — respondeu Hirasaka, introduzindo com cuidado o filme dentro da Leica.

Em seguida, disse:

— Por favor, venha para cá.

Lado a lado, os dois ficaram em pé diante da porta do cômodo branco.

— Muito bem. Confirmando: iremos agora para o dia 24 de dezembro do ano passado, à hora em que o sol despontou, e lá permaneceremos até a luz clarear o céu do dia seguinte. Correto?

Waniguchi acenou em concordância.

— Então, vamos passar um dia com o funcionário da empresa de reciclagem, sr. Rato...

— Rato, sem o "senhor".

— Muito bem, vamos passar o dia com o Rato.

Hirasaka abriu a porta.

Ora essa, saímos do estúdio, pensou Waniguchi.

Mal deu um passo e já se encontrava no meio do caótico trânsito matinal do bairro Kitasenju. Olhou para trás, mas a porta pela qual acabara de sair havia desaparecido. O sol nem raiara direito, mas já havia muitas pessoas na rua, talvez a caminho do trabalho, fato que o espantou. Achou graça nas pessoas que, apressadas, lhe atravessavam o corpo e começou a se chocar de maneira intencional com os ombros dos que vinham em sentido contrário. Em dias normais, a multidão se dividiria só de ver Waniguchi se aproximar, temendo uma eventual confusão, mas, naquele momento, todos passavam através de seu corpo. Na verdade, quando um *smombie*, ou seja, um *zombie* de *smartphone*, batia com o ombro em alguém, ali se iniciava um risonho bate-papo, mas, naquele momento, infelizmente, ele já estava morto.

— Escuta, a hora certa é mais tarde. Vai sobrar muito tempo. Que é que a gente faz?

— Desculpe, mas é muito difícil retornar numa hora exata. Eis por que voltamos sempre no começo da manhã. Como esta vai ser a sua despedida deste mundo, aprecie com calma o mundo real.

O edifício da estação Kitasenju, visível do viaduto, estava todo enfeitado para o Natal. Verde, vermelho, dourado e prateado. Papai Noel de plástico, neve de algodão, mas não havia ninguém para contemplá-los, todos apenas passavam rumo a seus empregos.

Waniguchi se sentou num banco com Hirasaka e observou o trânsito intenso. Momentos depois, resolveu se deitar na calçada para espiar a calcinha das transeuntes, mas logo se cansou disso também.

— Já que não tenho nada pra fazer, quero beber.

— Vou buscar.

Hirasaka acompanhou o fluxo das pessoas e entrou numa loja de conveniência. Waniguchi foi atrás. Estava curioso para saber como faria a compra.

— Mas as pessoas nos atravessam e nem conseguimos falar com elas. De que jeito você vai comprar?

— Sabe as coisas que são postas como oferendas diante de altares e túmulos? Aquelas coisas têm um significado muito importante — disse Hirasaka, começando a explicar um assunto intrigante.

Nas prateleiras, enfileiravam-se cervejas de diversas marcas. Ele estendeu a mão para uma delas.

— Neste momento, não temos um corpo físico, ou seja, somos o que se convencionou chamar de alma. De modo que, ao nos concentrarmos no formato desta latinha e extrairmos somente seu conteúdo... — assim dizendo, Hirasaka apanhou uma cerveja disposta na frente da loja e lentamente fez o gesto de alguém que bebe.

A lata se duplicou, e ele conseguiu apanhar uma delas. Um presente natalino.

— Pronto, aí está.

Waniguchi pensou em fazer o mesmo, mas achou difícil.

— Já que é assim, vamos levar também isto, aquilo e mais isto. E este aqui também — disse Waniguchi, apontando um saquê em latinha e petiscos de queijo.

Hirasaka apanhou as mercadorias e as carregou nos braços.

— Bacana isso de levar o que quiser e não ser preso.

— Bem, afinal, somos falecidos, não somos?

Hirasaka e Waniguchi resolveram comemorar no meio da passarela. E, no centro, puseram o frango.

— Feliz Natal — brindou Waniguchi, e Hirasaka respondeu um tanto confuso:

— Feliz Natal.

Ao abrir a latinha, não faltou o ruído característico.

Por algum tempo, os dois beberam em silêncio, observando a onda de pessoas apressadas que se dirigia a seus empregos.

— *Chips* de batata-doce e torta de batata-doce? Vejo que você é fã de batata-doce, mas essas coisas não servem como petisco.

Um gosto tão feminino, riu Waniguchi.

— Desculpe. Apenas acrescentei algumas coisas que eu gosto.

— Por falar nisso, eu me dei conta agora de que você também já morreu. Como aconteceu? Você ainda é novo... Foi um acidente?

Havia tempo de sobra, e Waniguchi perguntou por perguntar, mas Hirasaka pareceu um tanto constrangido.

— Para falar a verdade, não me lembro muito bem.

— Não se lembra? Como assim?

Hirasaka então começou a contar sua história: não sabia o que fizera em vida, nem como morrera. E também contou que vinha desempenhando ali o papel de guia, sempre à espera de que, algum dia, surgisse alguém que o havia conhecido. Contou, além disso, que a única coisa que trouxera na mão tinha sido uma foto.

— O que você pode ter sido? Não foi um artista, eu nunca o vi na televisão...

Como ele mesmo diz, acho que foi um homem comum, pensou Waniguchi.

— Mas de uma coisa eu sei. Neste mundo existem apenas dois tipos de sujeito: aqueles que dão uma surra nos outros e aqueles que não são capazes de surrar ninguém. E você é do tipo que não consegue surrar ninguém.

— O senhor tem como saber?

— Claro! Sou veterano nesse tipo de vida. Já sei só de olhar. Conheço um cara durão só de ver. É por isso que eu digo...

Imóvel, mantendo os olhos fixos em Waniguchi, Hirasaka aguardava.

Waniguchi acendeu um cigarro.

— Você viveu direito e morreu direito. Isso basta, não basta?

A fumaça subia para o céu azul.

Por instantes, observou em silêncio a multidão e a seguiu com os olhos. E, como Hirasaka continuava em silêncio, enfiou à força um doce que tinha na mão em seu bolso, resmungando:

— Vai, fica com isso.

Com feições estranhamente distorcidas, que talvez denotassem certa amargura, Hirasaka forçou um sorriso e disse, mudando de assunto e voltando a falar de Waniguchi:

— O que mais me intriga neste momento é a história do seu restaurador, sr. Waniguchi. Estamos indo para vê-lo, não é?

— Sim. E ele era um cara bem estranho.

Aos poucos, Waniguchi começou a contar a história do estranho homem a quem chamava de Rato.

* * *

Se for para falar do Rato, tenho assunto para muitas horas e ainda mais. Pois ele era um sujeito muito esquisito.

Nos últimos tempos, vinha ficando difícil vender proteção e, do mesmo modo, ficou complicado arrumar uma fonte de renda razoável. E, assim, não sei também por que carma de vidas passadas fui designado a cuidar de uma loja de recicláveis.

O quê?

Não diz asneiras, homem, claro que eu não atendia fregueses, eu só administrava. Bem, essas redes de lojas de produtos usados são empresas de fachada, entende? Na verdade, o negócio delas, principalmente, é simular vendas on-line para movimentar dinheiro. Ou seja, são centros de lavagem de dinheiro. Por exemplo, câmeras fotográficas, relógios e antiguidades são artigos cujos preços são difíceis de estabelecer, e eram um bom disfarce para movimentar grandes somas. E assim nasceu a "Loja de Recicláveis Andrômeda", um empreendimento sem loja física.

A loja em si ia muito bem. Mas, como a inexistência de comércio real chamaria a atenção do fisco, resolvemos contratar um restaurador, alguém que realmente fizesse consertos, só para disfarçar.

Ao ver o depósito mal-arrumado com artigos à espera de conserto empilhados de qualquer jeito — a bem da verdade, eram objetos roubados ou extorquidos como pagamento de dívidas, ou seja, coisas de procedência duvidosa —, as pessoas honestas, mesmo as mais simplórias, pareciam sentir algo estranho e recusavam o emprego com muita cerimônia, principalmente quando viam o jeitão do sujeito que trabalhava logo abaixo de mim, um tal de Kosaki.

Não, claro que não, eu nunca me metia nessas entrevistas. Mas depois eu dava um tabefe na cabeça do Kosaki e reclamava: "Não deu certo por causa desse seu olhar torto, bocó!"

E foi então que o Rato apareceu.

Segundo consta, ele tinha feito o colegial na cota de crianças com necessidades especiais, e eu fiquei em dúvida se poderia confiar num sujeito desses, mas, afinal, ele seria um reparador de mentirinha, não ia atender clientes nem nada, então eu o aprovei.

Acompanhando o filho de quase trinta anos, o pai, um sujeito franzino e doentio que parecia estar passando por dificuldades financeiras, surgiu no dia da entrevista e, fazendo mesuras, repetiu inúmeras vezes: "Em matéria de consertos, este meu filho não perde para ninguém. Ele trabalha com muita seriedade." E Kosaki resolveu acreditar no que o pai dizia e contratou o filho.

Enquanto tudo isso acontecia, o Rato parecia incomodado com alguma coisa e passeava o olhar inquieto em torno dele. Foi o pai que falou tudo que precisava, ele mesmo não disse uma só palavra.

No dia seguinte, o Rato apareceu carregando às costas seus utensílios de conserto, e mais duas caixas de ferramentas enormes, uma em cada mão. Um volume espantoso. Franzino como era, cambaleava. Começou limpando a mesa de trabalho e, em seguida, enfileirou sobre ela diversas garrafas triangulares, do tipo que se usa em experimentos químicos, assim como ferramentas e chaves de fenda de todos os tipos possíveis e imagináveis, mantendo precisão milimétrica no distanciamento entre os objetos.

Nessa altura, tanto eu como Kosaki já o chamávamos de Rato. Isso porque o Rato era o Rato, não havia nenhum outro jeito de chamá-lo.

— Ei, Rato, você não cumprimenta as pessoas?

Embora fosse por pura formalidade, Kosaki era o superior e pareceu não gostar da falta de educação do subalterno. Nossa sociedade é basicamente hierárquica e, mesmo sendo uma simples loja de recicláveis, éramos rigorosos nesse aspecto.

Pois o Rato ignorou Kosaki por completo, fingindo que não tinha ouvido.

— Escuta aqui, malandro...

Ponto de ebulição baixo era uma das características de Kosaki. É por causa disso que ele continua até hoje lá embaixo na hierarquia.

Agarrado pela gola e com os pés quase no ar, ainda assim o Rato perguntou para Kosaki:

— Quer que eu conserte?

— Con... conserte? Quem falou em conserto? Estou falando de cumprimentos!

Em nosso tipo de negócio, é preciso manter as aparências: se alguém zombar de você, você está perdido.

Normalmente, quando um sujeito se vê agarrado pelo colarinho e ameaçado por um gângster, ele se apavora e treme de medo. Mas o Rato fixava o preto dos seus olhos pequenos no rosto de Kosaki e só olhava.

— Cumprimentar as pessoas é regra básica!

— Quer que eu conserte ou não?

Então resolvi intervir. Caso contrário, o reparador que tínhamos encontrado com tanto custo poderia levar uma surra fenomenal e virar caso de polícia, situação nada interessante.

— Ei, Kosaki, chega — falei, apartando os dois. No mesmo instante Kosaki soltou o Rato sem protestar. Medo era algo que o Rato parecia não conhecer. — E você, Rato, quando se encontrar com alguém, não esqueça de cumprimentar a pessoa, está bem?

Na qualidade de presidente da empresa, falei alto. Além disso, eu tinha de exibir meu poder, entende?

— Cum-pri-men-te, entendeu?

— Quer que eu conserte?

O sangue me subiu à cabeça.

Kosaki acompanhava a conversa com cara de quem diz: "Tá vendo?"

— Bom dia. Diga "bom dia"! Vamos, diga!

O Rato pareceu pensar um pouco.

— Isso é necessário?

— É necessário.

Me espantei um pouco com a dúvida do Rato. Eu tinha pensado que ele talvez não fosse capaz de falar nada mais além de "quer que eu conserte?".

— E por que é necessário?

— Por quê? Ora...

Pensando bem, por que era necessário? Hesitei, sem saber o que responder. Eu até podia, como medida temporária, dar uns dois bofetões no Rato e dizer: "Não amola! Trata de cumprimentar!" Mas o Rato era estranho demais, eu não sabia que tipo de resposta viria dele.

Eu era um elemento do escalão médio da organização e já tinha me esquecido por completo daquele sentimento. Talvez fosse alguma coisa muito parecida com medo. O que eu sentia pelo Rato era o que qualquer um sentiria diante de um indivíduo totalmente diferente, totalmente desconhecido.

— Hum, por que é necessário? Porque eu e este sujeito aqui, o Kosaki, nos sentimos bem com isso, entendeu?!

— Sentir bem é bom?

— Você não vê, mas isso também é consertar.

Falei sem pensar, mas, depois, achei que me saí muito bem.

— Consertar — repetiu o Rato.

Experimentei dizer:

— Bom dia.

— Bom dia. Bom dia. Isso conserta vocês por dentro? — disse o Rato, cumprimentando a mim e ao Kosaki.

— Isso mesmo, conserta. Quando chegar de manhã, sua primeira tarefa será consertar a mim e ao Kosaki. Entendeu?

— Sim, senhor. Os senhores estavam quebrados. E eu consertei.

Ri sem querer. Até que era verdade, eu devia ter alguma coisa bem avariada dentro de mim.

O Rato se sentou e, em silêncio, passou a se dedicar aos seus consertos.

Kosaki e eu nos entreolhamos. Eu lhe disse em voz baixa:

— Por ora, pega leve.

A oficina dava de frente para um caminho estreito na periferia da cidade, e era uma fábrica adquirida numa negociação hostil. Na rua isolada quase não havia transeuntes. A construção tinha dois andares, e no térreo ficava a oficina, ou melhor, um depósito amplo onde armazenávamos quinquilharias no sutil limite entre o prestável e o imprestável, além de artigos de origem duvidosa, roubados ou extorquidos em cobrança de dívidas. O andar superior era do escritório. Esse dava a impressão de ter sido construído posteriormente, pois só ele parecia novo. Para subir ou descer, usávamos uma escada externa, semelhante às de incêndio. No piso do escritório havia uma janela, talvez de vigilância, de onde se podia ver toda a oficina.

No começo, Kosaki espiava vez ou outra pela janela, mas logo se cansou disso e voltou a navegar pela internet.

— A capacidade de concentração dele é espantosa. Ele fica de manhã até de noite daquele jeito — disse ele.

O Rato não parava de mexer as mãos em movimentos minuciosos.

Como eu era da chefia, não precisava ficar o tempo todo no escritório, mas algo no comportamento bizarro do Rato me preocupava e resolvi descer.

— Vou dar uma olhada — falei.

Ao observá-lo de perto, fiquei impressionado. Eu já vi na televisão um robô montando aparelhos elétricos. Em velocidade uniforme, sem o menor deslize. Nunca parava para descansar, nunca se atrasava.

Era um modelo de tocador de DVD relativamente novo, e podia até ser que fosse o primeiro aparelho elétrico desse tipo que ele via, mas o Rato parecia perfeitamente familiarizado com os passos a seguir — que ferramenta usar, o que fazer —, de modo que o desmontou num piscar de olhos. E as partes eram postas num espaçamento exato, o que me comoveu de maneira estranha.

E eu apenas permaneci mudo diante daquele espetáculo de um objeto tridimensional sendo aplainado a uma velocidade impressionante.

Acabei até me esquecendo de trazer à tona aquela questão de cumprimentar ou deixar de cumprimentar.

— Terminei a desmontagem. Enquanto não terminar um trabalho, nunca iniciar um novo conserto — disse o Rato em tom solene.

Suas feições pareciam indiscutivelmente as de um humilde rato, mas ele era sem dúvida alguma o soberano que reinava naquele lugar.

— Bom dia.

Já havíamos nos aproximado do meio-dia, mas ele ao menos aprendera a necessidade de cumprimentar.

— Hum. Bom dia.

— O senhor estava quebrado. Eu consertei.

Senti um leve desânimo ao pensar que teria de ouvir esse refrão a cada troca de cumprimentos, mas deixei passar: era o estilo Rato de cumprimentar.

E foi assim que o Rato começou a trabalhar com a gente. Mas logo enfrentaríamos um problema.

Mal chegara pela manhã, Kosaki já estava aos gritos. Abri a porta para saber o que se passava e vi que ele havia agarrado o Rato pelo colarinho outra vez.

— Ei, o que está acontecendo? — perguntei, e o Rato, ainda sendo segurado pelo colarinho, olhou para mim e disse, com voz estrangulada:

— Bom dia. O senhor estava quebrado. Eu consertei.

Sorri a contragosto ao ouvir a ladainha costumeira do Rato, mesmo naquela situação de apuro em que estava.

— Esse idiota trombou comigo, mas não se desculpou — disse Kosaki com voz irritada outra vez.

— Rato, você trombou com o Kosaki? — perguntei, antes de mais nada procurando confirmar.

— Claro que trombou! — disse Kosaki.

— Silêncio. Não perguntei pra você, perguntei pro Rato. Você trombou com o Kosaki, Rato?

— Eu sigo em frente. Na direção que estou seguindo, o sr. Kosaki ficou em pé.

— Desvia, idiota! — impõe Kosaki.

Mas, pela lógica do Rato, Kosaki é que estava no caminho.

— Rato, nessas situações, a gente pede desculpas, entendeu? Perdão, desculpa, é o que se diz.

— É errado mentir.

Claro. Para o Rato, pedir desculpas quando não se sentia culpado era o mesmo que mentir.

— Deixa pra lá, Kosaki. O Rato é assim, que se há de fazer?

— Mas pedir desculpas é o mínimo, né?

— Pelo visto, ele é incapaz de mentir — falei, e acabei rindo sem querer.

Induzido pelo meu riso, Kosaki também já estava quase rindo. Mas forçou-se a fazer uma carranca e, estalando a língua, voltou-se para o Rato.

— Na próxima, você está no olho da rua, lembre-se.

— Lembrar?

— Lembre-se. Só quero que se lembre.

— Lembrar o quê?

— Ah... já chega!

O diálogo pareceu desanimar Kosaki.

Conferi se ele havia subido para o escritório e resolvi trocar ideias com o Rato.

— Quando isso acontecer, pede desculpas, não importa se é mentira ou não, porque depois tudo fica mais fácil, você vai ver.

— Mentir é feio. Um mecanismo correto nunca mente.

Eu me pergunto como seria a cabeça do Rato por dentro. Mesmo assim, acho formidável esse jeito dele de nunca se dobrar à vontade dos outros.

Pois o Rato era daqueles que nunca pediam desculpas. Mesmo estando errado, não importava de qual ângulo se examinasse a questão, ele nunca se desculpava. Ao que parece, por mais errado que ele estivesse, havia sempre uma razão misteriosa dentro dele que o desobrigava de pedir desculpas.

No dia seguinte, recebi um telefonema de Kosaki.

— Sr. Waniguchi, o Rato quer porque quer agir à moda dele, não quer entender. Dá um jeito nele, faz o favor?

Fui para a oficina, mas logo percebi: o problema era aquilo. Havia uma placa pendurada na janela do segundo andar anunciando em letras garrafais: "Fazemos consertos". As letras escritas pelo Rato pareciam até impressas, não havia sequer um milímetro de desvio. Eu me perguntei de que jeito ele tinha escrito aquilo. Com uma régua, e medindo uma a uma? Era um "Fazemos consertos" em letras pretas majestosas.

O problema era que não operávamos uma loja naquele lugar. Aquilo era, por assim dizer, um simples depósito. Se clientes reais começassem a aparecer, a situação se complicaria. Mas não estávamos distribuindo folhetos nem fazendo propaganda, então dificilmente surgiriam clientes naquele lugar pouco movimentado.

Entrei, e ali estavam Kosaki, a esbravejar "tire aquilo já dali", e o Rato, em pé, o rosto impassível numa situação em que até um caramujo reagiria com mais emoção.

— Bom dia — diz o Rato, olhando para mim.

— Hum...

— O senhor estava quebrado. Eu consertei — começa ele a costumeira ladainha.

— Sr. Waniguchi, que bom que chegou. Ouviu isso?

— Você não consegue tirar?

— Não sei como ele fez, mas aquilo está soldado!

A propósito, eu não tinha percebido, porque ele com certeza havia trazido durante o feriado, mas um monte de aparelhos de conserto havia sido acrescentado ao material já existente.

Ouvi uma porta abrir às minhas costas e uma voz dizer:

— Por favor!

Antes que boatos estranhos começassem a circular pelos arredores, eu me afastei discretamente para um canto onde não poderiam me ver.

Espiei por uma fresta e vi que a cliente era uma dona de casa da vizinhança. Trazia nas mãos uma grelha elétrica.

— Por favor, ouvi dizer que aqui consertam aparelhos — disse ela.

— Ah, não consertamos.

— Sim, consertamos.

Ao ouvir simultaneamente duas informações contrárias, a mulher pareceu perplexa.

— Como assim? Uma senhora que mora duas casas depois da minha disse que já consertaram para ela um aparelho de massagear os pés.

Acho que não fui o único a perceber que aquela não era a nossa primeira cliente. Kosaki mudou então radicalmente de atitude, talvez pensando que, se mandasse a mulher embora naquela situação, boatos mais estranhos ainda se espalhariam pela localidade, e disse com voz afável:

— Ah, seja bem-vinda!

Eu tinha ouvido dizer que a família de Kosaki era de quitandeiros fazia várias gerações. No terceiro ano do curso secundário, ele se meteu com más companhias e virou moleque de recados de um bando de motoqueiros, para depois se tornar garoto de programa, mas o "seja bem-vinda" de Kosaki era esplêndido, tinha um eco do sangue mercante. Ele tinha mais jeito para o comércio do que para a *yakuza*.

— Esta grelha não esquenta mais, sabe?

— Eu conserto.

A resposta do Rato soou segura — fosse ele médico, sua voz se confundiria com a de um figurão da medicina —, de modo que a mulher disse:

— É mesmo? Nesse caso, eu a deixo com você. Quando fica pronta?

— Em quarenta e oito minutos — respondeu o Rato.

A cliente pareceu intrigada com os minutos quebrados, mas perguntou:

— E quanto vai me custar, mais ou menos?

O Rato permaneceu em silêncio. Parecia achar que a questão não lhe dizia respeito. Ele não tinha nenhum interesse em ganhos financeiros. Acho que ele fez o conserto do massageador de pés de graça.

— São mil e oitocentos ienes — interveio Kosaki.

Bom, o valor do conserto tinha sido calculado com extrema astúcia, bem na linha em que seria melhor consertar do que comprar um novo. A mulher aceitou o valor e se foi.

— Escuta aqui, Rato. Antes de pregar o cartaz, você não acha que devia ter consultado o nosso chefe Waniguchi? Ei, está ouvindo, idiota?

— Deixa pra lá — intervim. E acrescentei: — Para efeito de disfarce, é aceitável ter uns poucos clientes na loja.

Pois imaginei que, naquele ritmo, era capaz de o Rato se demitir, e então teríamos muito trabalho para encontrar um substituto. Era preferível lhe dar um pouco de corda e mantê-lo por mais tempo do que correr o risco de perdê-lo por falta de motivação. O mesmo acontece com dívidas: às vezes, é mais prazeroso esperar o devedor liquidar parcela por parcela até a última do que arrancar tudo dele de uma vez.

— Mesmo assim... — disse Kosaki, recuando um pouco.

— E, depois, acho que nem vai vir tanta gente. E, mesmo que venham, serão pessoas desta redondeza. Deixa estar.

Kosaki não parecia muito feliz, mas disse:

— Se o senhor acha....

Balançou a cabeça para os lados e continuou resmungando.

Os consertos do Rato sempre começavam com a desmontagem. Na verdade, eu gostava bastante de observar as peças sendo desmontadas à velocidade de um *fast forward* e depositadas em perfeita ordem.

Depois do desmonte vinha a compreensão do defeito, a limpeza de todas as peças, o conserto e, por fim, a remontagem, realizada com agilidade. Esse deve ter sido um método criado pelo próprio Rato, mas eu também o considerei correto. No entanto, acredito que seria mais lógico consertar apenas a área defeituosa.

Uma vez, perguntei ao Rato:

— Por que você não conserta só o lugar com defeito em vez de desmontar o aparelho inteiro?

O Rato respondeu:

— Porque é o correto.

— E por que é o correto? — perguntei.

— Porque iguala tudo — respondeu.

Na certa ele se referia ao equilíbrio do mecanismo. Se o conserto fosse realizado em apenas uma área, talvez o mecanismo, como um todo, se desequilibrasse. Bem, até eu era capaz de entender que, se no interior de um aparelho houvesse uma parte nova e outra mais velha, outros problemas poderiam surgir.

— Já consertei — disse ele.

Ergui a cabeça e olhei para o relógio na parede. Fiz alguns cálculos mentais e percebi que tinham se passado exatos quarenta e oito minutos. Conserto é o tipo de atividade em que você precisa abrir o aparelho defeituoso para saber o que fazer, mas, por alguma razão, o Rato parecia saber o tempo necessário com exatidão.

— Esta grelha estava quebrada. Eu consertei.

A dona da grelha veio buscá-la e pareceu muito satisfeita ao ver as partes sem nenhuma nódoa ou mancha de óleo, limpas como se fossem novas. Pagou os mil e oitocentos ienes e se foi, muito feliz. Por falar nisso, é comum nos últimos tempos que em lojas de eletrodomésticos os funcionários recomendem a compra de aparelhos novos, e não o conserto dos quebrados. Nestes tempos em que "quebrou, jogou fora" se tornou habitual, talvez fosse realmente prático ter um lugar nas proximidades onde se podia consertar com rapidez as coisas quebradas.

Clientes começavam a aparecer aos poucos na Loja de Recicláveis Andrômeda, não sei ao certo se atraídos pelo cartaz ou pela propaganda boca a boca. Aos poucos, o conserto dos artigos vindos de fora foi acontecendo paralelamente àqueles estocados no depósito.

Cansado talvez de dar explicações que o Rato não se dignava a fornecer, Kosaki elaborou uma lista de preços para consertos em que constavam, em colunas verticais, as especificações *grande, médio* e *pequeno* e, em coluna horizontal, *fácil, médio* e *difícil,* além de *aceito* e *sujeito a consulta.* A lista foi pregada em local visível.

Espiando do andar superior, notei que havia no térreo uma criança que aparentava ser do curso primário, talvez por já ser hora da saída dos alunos. E a criança estava chorando. Achei que o Rato não saberia lidar com crianças e desci. Fiquei escutando por uma fresta na porta e descobri que um hamster de estimação da criança havia morrido.

— Eu ouvi dizer que aqui consertavam qualquer coisa. É verdade que vocês consertam o meu hamster Coco?

Que bobagem, pensei. *Se desse para consertar um hamster morto, ninguém mais morreria no mundo.*

— Conserto — afirmou o Rato. Sua voz era firme.

— Oba! Verdade? — disse a criança, agora com voz feliz. — Em quantos dias você conserta?

— Oito dias — respondeu o Rato, indicando que levaria muito tempo para consertar.

Como a criança saiu enxugando as lágrimas, não intervim.

Entrei e vi o hamster dentro da gaiola sobre a mesa. Ele tinha uma mancha no traseiro que lembrava um conjunto de cuia rasa com tampa.

Sacudi a gaiola e vi que o pobre hamster estava morto e duro como pedra.

— Bom dia — disse o Rato, segurando a gaiola do hamster.

— Hum...

— O senhor estava quebrado. Eu consertei — disse ele no cumprimento-padrão.

— Escuta, Rato. Sei que você é ótimo em consertar coisas, mas este você não vai conseguir, entendeu? Não prometa coisas impossíveis.

— Vou consertar. Vou verificar os dados.

— Dados?

— Verifico os dados das coisas que conserto pela primeira vez — disse, dando a entender que iria imediatamente para algum lugar.

— Ei, você está no meio do expediente. Aonde pensa que vai? — perguntei, meio que o impedindo de prosseguir e meio curioso por saber aonde o sujeito ia para verificar os tais dados.

Não devia haver dados para consertar um hamster em lugar algum.

— Ei, Kosaki! — chamei do térreo. — Vou sair um instante com o Rato.

Kosaki espiou pela janela e, com um meneio de cabeça, sinalizou que compreendeu. O Rato foi caminhando na direção do rio e parecia conhecer o terreno. Para minha surpresa, chegou à Biblioteca Central. Fui atrás dele até o balcão, e o vi inserir "hamster" em "buscar". Pelo visto, imprimiu a lista de todos os livros relacionados com hamster.

Começando por livros ilustrados, enciclopédias, revistas, tutoriais sobre criação de pets e amostras esqueletais, e passando por livros infantis, assim como literatura especializada para adultos e até livros que a meu ver não tinham relação com nada, o Rato empilhou dezenas de livros sobre a mesa da biblioteca.

Mal acabou de empilhar, pegou um e, com uma velocidade impressionante, começou a virar as páginas, indo da primeira à última. A atividade era tamanha que me impediu de fazer uma observação do tipo "acho que a leitura será mais produtiva se você olhar o índice primeiro".

Até parece que você consegue entender alguma coisa desse jeito, pensei, contemplando a estranha atividade. Saí em seguida em busca de uma área para fumantes e, depois de matar tempo suficiente para mais um cigarro, retornei e percebi que a pilha de livros tinha desaparecido quase toda.

— E então, Rato, descobriu um jeito de consertar o hamster? — perguntei, quase em tom de zombaria.

— Descobri um jeito de consertar.

— Mentira!

O Rato devolveu os livros restantes às respectivas prateleiras e começou a retornar pelo caminho que viera. Liberdade tinha limite.

Depois disso, o Rato não voltou para casa e me pareceu que passou as noites dormindo no chão do depósito. Preocupado, o pai apareceu trazendo mudas de roupa e refeições, mas ele não comeu quase nada nem dormiu de noite, entretido como estava com um aparelho que tinha nas mãos.

Pelo visto, ele havia solicitado a Kosaki que encomendasse um medicamento de nome complicado escrito em língua estrangeira.

O oitavo dia chegou, ou seja, a data prometida.

Eu estava preocupado com o conserto do hamster.

Abri a porta da oficina.

— Bom dia.

— Hum, mas já passou do meio-dia.

— O senhor estava quebrado. Eu consertei.

Em tom de zombaria, perguntei:

— Ei, Rato, conseguiu consertar o hamster?

— Sim. Consegui.

Duvidei dos meus olhos. Pois o hamster estava vivo e se movia. Mexia as narinas, procurando a ração, deslocava-se ou parava num canto com um jeitinho encantador.

Com o hamster na minha frente, senti um arrepio percorrer o corpo da cabeça aos pés. Este sujeito realmente consertou o hamster!

Nada disso, pensei, *o Rato tinha procurado outro hamster e trocado pelo morto.* Mas a mancha no traseiro em forma de cuia e tampa estava ali, inalterada.

Está brincando!, pensei, e introduzi a mão na gaiola. Peguei o hamster. O bichinho permaneceu quieto na palma da minha mão. E, então, compreendi num piscar de olhos.

O peso.

— Rato... você não pode dizer que isto foi... consertado.

Enquanto eu falava, a criança, dona do animal, apareceu e eu me ocultei discretamente.

— Oba, está consertado!

— Este hamster estava quebrado. Eu consertei.

Muito feliz, a criança apanhou a gaiola e se foi, mas eu tive um mau pressentimento.

A confusão começou logo depois. A mãe da criança entrou aos berros.

— Escute aqui, moço. Que foi que você me aprontou? — gritou ela. Mal abriu a porta e colocou a gaiola sobre a mesa. Às suas costas, a criança chorava aos soluços.

— Eu consertei.

— Como assim? O que você fez com aquilo?

— Montei um mecanismo dentro dele, e depois de curtir o couro, peguei o mecanismo e...

A mãe parecia conter com dificuldade a ânsia de vomitar.

— Isso não é consertar!

— Consertei sim. Os movimentos são idênticos.

Realmente, à primeira vista, era igual ao original. Os movimentos também. Mas isso não significava que ele havia consertado.

— Mo... movimentos idênticos? Que é que você está pensando? Você profanou um ser vivo. Peça desculpas!

Bastava dizer uma palavra, "desculpe", e a mulher talvez se sentisse apaziguada, mas estamos falando do Rato, ele nunca se desculpava. O que quer que acontecesse, ele não se desculpava.

— Consertei. Olhe bem, ele se movimenta do mesmo jeito.

— Você está errado! Seres vivos comem e são quentes.

Só então o Rato parou e pensou um pouco.

— Nesse caso, acrescento um mecanismo para comer e um outro que irradia calor...

— Não é disso que estou falando! Isto aqui é fraude. E destruição de propriedade, sem dúvida alguma! Vou denunciá-lo, ouviu?

Antes que as coisas chegassem a um nível desagradável, resolvi intervir.

— Boa tarde!

A mãe lançou um olhar à cicatriz provocada por uma espada, e percebi que se enrijeceu.

— Parece-me que um dos meus funcionários está incomodando a senhora.

Sei por experiência própria que quando uma pessoa com o meu aspecto fala educadamente, mete muito mais medo.

— Senhora. Deve estar muito aborrecida para falar em denunciar. Pois nós aqui estamos prontos a ir à sua casa para pedir desculpas. A senhora mora nestas proximidades, não é? Sei que a escola é deste distrito. — Ele se virou para a menina. — Pequena Akari Machida, do primeiro ano, como você é bonitinha! Qual é o endereço da sua casa?

A mãe protegeu a filha com o próprio corpo e foi se afastando, andando de costas.

— E se eu esperar você na saída da escola, será que você me leva até a sua casa? Nós todos vamos até lá para pedir desculpas, pode ser?

— Ah, não precisa se incomodar. Até logo. — A mãe abriu a porta e saiu correndo, puxando a filha pelo braço.

Entre mim e o Rato, restou a gaiola com o hamster dentro. O bichinho continuava se comportando de maneira cativante, andando de um lado para o outro e mexendo o nariz. Mas eu compreendi por que a mulher se comportara quase como uma louca, pois eu mesmo sentia uma estranha repulsa pelo hamster à minha frente.

— Rato, acho que não se pode dizer que isto aqui foi consertado.

— Consertei sim. Se trocar a pilha, este hamster vai se movimentar para sempre.

— Ele é igualzinho a um hamster de verdade, tanto nos movimentos como na aparência. Mas veja. A *vida* dele não foi consertada.

— O que é vida?

A pergunta direta me fez pensar. Dentro da gaiola, o hamster se mexia como um animal real. Para quem apenas o olhava, tanto o hamster vivo como o que se movia por aparelhos eram idênticos. Se você não soubesse nada do acontecido, com certeza pensaria: "Olhe, tem um hamster ali." O que seria a vida? Um ser é vivo porque é quente? É vivo porque come ração?

— Seja como for, isso é um hamster morto. Você entende isso, não é, Rato?

— Sim, os órgãos internos tinham parado de funcionar e se petrificado.

"Isso, você entendeu", eu ia dizer quando ele continuou:

— Por isso, eu consertei.

— Pois é, se os órgãos internos parados não estivessem mais petrificados e começassem a funcionar como antes, a vitória seria sua, Rato. Porque isso significaria que você consertou a vida. Mas, uma vez morto, nem o melhor médico do mundo consegue consertar. Ninguém consegue.

— Sim. Mas eu retirei todos os órgãos parados, curti a pele e, no lugar onde existia o globo ocular, instalei um sensor. Instalei um programa que o faz circular com movimentos padronizados. Com ajustes, ele se moverá de maneira semipermanente. Comparado ao hamster original, suas funções foram otimizadas.

— Pois então... — Eu queria de algum modo explicar a vida, mas as palavras não se combinavam na minha mente. — Seja como for, Rato, você está proibido de consertar a vida.

— Por quê?

— O dono fica furioso.

— E por que fica furioso?

Ora, por quê. Eu tinha dificuldade de explicar a mim mesmo o que eu sentia e por que eu me arrepiava ao ver esse hamster. Tentei de diversas maneiras e, por fim, quando consegui fazer o Rato dizer, "entendi, não vou mais consertar a vida", senti um imenso cansaço me invadir.

Eu me perguntei: *será que ele entendeu mesmo?* Olhei para o hamster. E lá estava ele, bonitinho, parado num canto, movendo o nariz.

Depois disso, imaginei que não haveria mais clientes, mas a frequência na Loja de Recicláveis Andrômeda permaneceu a mesma. Porém, como seria de se esperar, não surgiu mais ninguém trazendo hamsters e gatos para consertar.

Não sei bem por quê, mas comecei a gostar de me enfurnar no escritório. Kosaki devia pensar: *Que droga, aí vem o chefe de novo.* Mas eu falei para ele que, a partir daquele dia, ia começar o gerenciamento contábil e me sentava diante do computador. E, como sempre, eu observava o Rato pela janelinha. Ele era uma presença segura, como a de alguém que já trabalhava ali por dezenas de anos e ali permaneceria para sempre.

Suas mãos continuavam a se mover a uma velocidade sobre-humana. Eu não sabia como as coisas não se embaralhavam em sua cabeça, mas imaginei que, para ele, aquilo era normal. A normalidade do Rato era diferente da nossa. A essa altura me veio outro pensamento: a bem da verdade, a nossa também não era uma normalidade normal. Só então percebi que comecei a pensar em várias coisas depois que conheci o Rato. Isso porque o sujeito era de um tipo que não costumávamos ter por perto. Nosso meio também se divide em várias categorias: sujeitos fortes em finanças, exímios em artes marciais, advogados fracassados etc. Mas o Rato era *sui generis*.

Até que apareceu outra criança. Senti um profundo desânimo. *Isto aqui não é um centro de aconselhamento,* pensei, irritado.

Aparentava estar cursando o último ano do primário e devia praticar algum esporte, pois sua pele era queimada de sol. Mas, de repente, percebo algo anormal em seu rosto. Sua mochila é comum, mas é óbvio que há algo diferente nele.

Desci ao andar térreo porque pensei em dizer "vá embora, este lugar não é apropriado para crianças", mas, quando abri a porta, notei que o garoto tinha cerrado as duas mãos em punho com tanta força que tremia. Ele continha o choro.

Foi quando o ouvi falar que compreendi.

— Consertar... conserta... conserte, por favor. Faz favor.

O sotaque era totalmente estranho.

Olhando bem, percebi que se tratava de um garoto estrangeiro. Esfregava com força os olhos. O que ele colocara sobre a mesa pareciam pedaços de papel.

Sua mochila estava em frangalhos e exibia uma série de marcas de sapato, umas diferentes das outras. Olhando bem, descobri marcas de sapato em suas roupas também. Como da mochila caíam gotas de água, imaginei que as coisas dentro dela tinham sido jogadas dentro de uma latrina.

O que tinha sido espalhado sobre a mesa era uma foto, rasgada em pedaços que lembravam peças de um quebra-cabeça.

Consegui deduzir em linhas gerais o que tinha acontecido. Na infância, nossa formação como ser humano não está completa e, por esse motivo, conseguimos ser cruéis com os outros. Principalmente com os diferentes, com os que não pertencem à nossa categoria, pois pensamos que podem ser maltratados à vontade, que isso não tem importância.

— Sim, conserto.

Ei, isso não é um aparelho elétrico, você vai consertar uma fotografia? Não está fora de sua especialidade? Mas no horizonte do Rato parecia não haver nem sombra de dúvida.

— Quando?

— Daqui a seis dias.

Abri a porta, e o Rato olhou para mim.

— Bom dia.

— Hum.

— O senhor estava quebrado. Eu consertei.

Deixei passar seu cumprimento e resolvi falar com a criança.

— Ei, está tudo bem com você? Qual é o seu nome?

— Tien. Minh Nguyen Tien.

Que nome comprido, pensei. *Deve ser de algum lugar do Sudeste Asiático.*

— De que país?

— Vietnã.

— Família?

— Pai. Mãe, irmãzinha morar Nha Trang.

Incapaz de me manter indiferente, espano de leve sua roupa e a livro de um pouco do barro.

— Contou para os professores?

Como um gatinho que eriça os pelos das costas, Tien evita minhas mãos.

Se o filho só conseguia falar aquele tanto, o pai devia falar menos ainda. Não devia haver ninguém capaz de aconselhar aquela criança. Fosse ele do tipo franzino e de olhar humilde, seus algozes talvez se entediassem e o deixassem em paz, mas os olhos deste menino pareciam duas brasas.

Bom, este é um bom saco de pancada, pensei.

— Seis dias, você entendeu? — disse, mostrando seis dedos. — Seis dias mais.

— Seis dias, mais, eu venho — disse ele. Baixou a cabeça numa rápida mesura e se foi.

Ora essa, que raio de foto seria aquela?, pensei, mas, quando olhei, o Rato já tinha montado quase todo o quebra-cabeça.

— Humm... — gemi sem querer. Era a foto de uma família. Pareciam estar comemorando um aniversário.

Tive a impressão de que ele a guardava com zelo e a contemplava todos os dias. Devia carregá-la junto a si, sem nunca se separar dela. E achei que, por saberem disso, fizeram o que fizeram.

Dava para perceber que, mesmo depois de rasgada em pedaços tão pequenos, ele havia recolhido as peças uma a uma, em frenético desespero.

Eu, que cobrava dívidas sem dó nem piedade, não era qualificado para dizer isto, mas *bullying* tem limite, não é correto chegar àquele ponto. Existe uma linha que pessoas que se consideram humanas não devem cruzar. Não sei que espécie de moleque desalmado frequentava a escola dele, mas alguém capaz de fazer essas coisas por diversão deve ter algo partido dentro de si.

Um ferimento no braço, por exemplo, desaparece com o tempo, mas o ferimento que resta depois de ter um objeto tão precioso rasgado daquele jeito nunca desaparecerá.

— Rato, você consegue consertar?

— Sim, vou consertar — disse o Rato no tom costumeiro.

— Faça um trabalho bem-feito para o moleque, está bem?

O Rato começou a dizer que ia outra vez à biblioteca. Curioso, fui atrás para saber como ele ia fazer o conserto. Como da outra vez, o Rato empilhou uma montanha de livros sobre a mesa.

Achei que fossem livros referentes a computador, mas não eram.

Pensei que ele ia usar o scanner, apertar um botão aqui, outro acolá no computador e reimprimir a foto.

Mas não foi isso o que ele fez.

O "vou consertar" do Rato não queria dizer que ele ia simplesmente substituir os dados e depois reimprimir.

O Rato trouxe um microscópio enorme para a oficina.

Fiquei olhando e percebi que ele tentava juntar as partes rasgadas num nível milimétrico. *De que adianta juntar dessa forma?*, pensei. Mesmo que ele conseguisse juntar, o remendo se destacaria no todo.

— Mesmo que você junte, o remendo vai ficar visível, não vai? — perguntei.

— O papel fotográfico, com as cores compostas por suas três camadas básicas... — Ele começou a explicar com fluência, como se recitasse palavra por palavra o trecho de algum livro técnico, de modo que o interrompi:

— Entendi, já entendi.

Percebi, no entanto, que ele queria usar cores e pintar. Mesmo assim, depois de emendada e seca, a foto apresentava na área do remendo uma fina rede esbranquiçada, conforme eu previra. Eu estava pensando que acrescentar cores manualmente teria efeito contrário, isto é, só iria ressaltar o remendo, mas o Rato foi muito além daquilo que eu imaginara.

Retirou algo de formato cilíndrico. Em sua ponta havia alguma coisa colada. Um pelo, mais fino que uma agulha.

— Que é isso, Rato? — perguntei, e ele respondeu com a maior naturalidade:

— Utensílio de pintura.

Em seguida, começou a misturar diversas cores numa paleta.

Espiando pelo microscópio, ele usou o pelo do pincel para pintar um ponto. *Não é possível*, pensei, mas era possível, sim. Para reconstituir a foto, o Rato resolveu desenhar um ponto de cada vez com a ponta desse único pelo. Sentado ao microscópio e espiando por ele, o Rato continuou a pintar os minúsculos pontos, de manhã até de noite.

Por mais que o Rato se esforce na reconstituição da foto, chegará o dia em que ela será rasgada outra vez, pensei. Estacionei meu Celsior nas proximidades da escola e fui verificar.

Fiquei horrorizado. Todos fingiam não ver, e até professores que passavam ao lado pareciam não se importar. Isso me preocupou. Dei a partida no carro, segui como quem não quer nada e vi que, a caminho de casa, os meninos bateram repetidamente na cabeça do garoto com uma bola, o atormentaram, e, quando Tien resolveu reagir, dois meninos o imobilizaram enquanto outro desferia chutes em sua barriga. Talvez fossem de série mais avançada, pois tinham quase o dobro do tamanho de Tien. Com uma diferença tão visível, Tien não tinha como se defender. A brincadeira que visava partir o coração do garoto continuou. A habilidade em não atrair a atenção de transeuntes e o ardil de arrebatar a mochila e assim atrair o garoto para a várzea do rio superavam as de facínoras adultos.

Logo, todo o conteúdo da mochila foi espalhado no chão, e tudo, até o caderno, foi lançado no rio. Olhavam o caderno boiando na água e gargalhavam. Mesmo assim, Tien procurou não chorar e suportou tudo com os dentes cerrados. Talvez sentindo que de nada lhe adiantaria tentar revidar, ou talvez temendo ser ele próprio jogado no rio caso se aproximasse, Tien apanhou sua mochila vazia e se afastou em silêncio.

A vida num país estranho deve ser dura também para o pai. *Bom, cresça forte, garoto estrangeiro,* pensei.

Mas então imaginei que mais tarde ele poderia levar o caderno para consertar e me aborreci. O Rato estava inteiramente dedicado à reconstrução da foto. Nem seu trabalho nem coisa alguma progredia.

Fui para trás dos alunos grandalhões que ainda gargalhavam.

— Que divertido, não? Posso ver também?

Os três paspalhos ergueram o olhar e o que viram foi o meu rosto exibindo um sorriso enorme. E a cicatriz de um golpe de espada na bochecha esquerda. Como tentaram sair correndo, agarrei um deles pelo pescoço.

— Ora, vejam só, que engraçado. Um estojo levado pelo rio.

Fiquei sério de repente na cara do garoto que ia rir também, só para me agradar.

— Estavam brincando?

Ele fez que sim com a cabeça.

— Pois vou ensinar uma brincadeira muito mais divertida.

Com o pé na barriga de cada um, empurrei todos os grandalhões. Um a um, eles caíram sentados no rio. Os moleques deviam estar sentindo muito frio, imersos como estavam na água até os ombros em pleno inverno.

— Não saiam da água até conseguirem juntar todo o material, até o último lápis. Entenderam?

Acendi um cigarro, decidido a esperar com calma.

Batendo os dentes, eles enfileiraram aos meus pés os lápis e os cadernos.

— E isso é tudo?

Os três tremiam e balançavam a cabeça positivamente, mas eu os chutei para dentro da água mais uma vez.

— Está faltando.

— Mas isso é tudo.

— Algo está me dizendo que não é tudo.

Depois de repetir essa operação mais duas vezes, os três começaram a chorar de frio, então parei, não sem antes chutá-los mais uma vez.

* * *

Depois de contar a história do Rato até esse ponto, Waniguchi se esticou. A onda de transeuntes vistos da passarela parecia não ter fim. Mãe e filha passaram levando uma caixa de bolo. Na certa o comeriam em casa durante os festejos natalinos.

Era uma boa hora para irem andando se pretendiam chegar ao local onde o tal retrato fora tirado.

Uma mesinha fora armada diante do *fast-food,* e um funcionário usando chapéu vermelho de três pontas gritou: "Seja bem-vindo!" O som de "Jingle Bells" vinha de algum lugar. Na certa uma gigantesca árvore de Natal iluminaria a parede do prédio da estação.

— E o que o senhor fez depois disso, com o estojo do menino lançado ao rio: lavou-o e o devolveu a ele? — perguntou Hirasaka.

— Deixei no mesmo lugar porque estava totalmente enlameado e eu não sentia nenhuma vontade de tocar nele. Posso não parecer, mas sou maníaco por limpeza.

Hirasaka deu um breve sorriso contrariado, mas logo seu rosto retomou a expressão serena habitual.

Acenando com a cabeça para partirem, Hirasaka começou a juntar o lixo espalhado pela rua resultante da pequena comemoração.

— Deixe isso pra lá, nenhum desses vivos está vendo — disse Waniguchi.

— Sei que não, mas não me sinto bem deixando essas coisas espalhadas por aí — disse Hirasaka, juntando tudo e jogando na lixeira.

Andando devagar, foram em direção à escola.

Caminhando por uma rua, os dois ouviram vozes de crianças em um parque. Pareciam um bando de passarinhos chilreando. Duas educadoras infantis, uma veterana de avental e outra novata com um conjunto de moletom, gritavam incentivos às crianças que apostavam corrida. As crianças se empenhavam. "Vamos lá, corram, corram!", gritou uma professora, e sua voz saiu tão alta e desafinada que os dois acabaram rindo. As crianças corriam com as bochechas vermelhas. Devia ser uma corrida de revezamento, pois, no fim, as duas professoras também começaram a correr. Quanta disposição! As crianças gritavam "professora Michi!" para a educadora que estava quase perdendo. Hirasaka parou e observou atentamente. Waniguchi continuou a andar alguns passos sozinho, mas Hirasaka ficou a olhar. *Será que ele gosta de crianças?*, pensou Waniguchi.

Seja como for, refletiu, *como seria voltar ao passado e ver a si mesmo? Significava que um outro eu ainda estaria vivo nesse momento.*

Enquanto esperava com Hirasaka diante da escola primária, o sino tocou, anunciando o término das aulas. *Laranja, roxo... como as mochilas escolares andam multicoloridas nos últimos tempos,* pensava Waniguchi quando viu surgir um estudante de pele mais escura: Tien. Era o dia seguinte ao daquele episódio no rio, e, por esse motivo, ele olhava ao redor, atento a eventuais emboscadas. Parecia estranhar a ausência de zombarias. Compreensível, já que, depois de terem sido chutados diversas vezes para dentro do rio no frio daqueles dias que antecedem o Natal, os moleques deviam ter aprendido a lição. Talvez tivessem pegado um resfriado e faltado às aulas.

Tudo indicava que o caso não tivera sérias repercussões, pois eles deviam saber que parte da culpa do que lhes acontecera era deles mesmos, mas seria interessante saber de que jeito explicaram o fato de terem nadado no rio em pleno inverno.

Tien andava com cautela, para não ser pego de surpresa, mas parou de repente, sobressaltado. Lá estavam os três grandalhões na encruzilhada.

— Olhe ali, aqueles são os moleques, viu a cara de encrenqueiros deles? — explicou Waniguchi, apontando o grupo. Um deles vestia roupa larga típica de arruaceiro, e os outros dois seriam os fiéis escudeiros, grudados no chefe.

Os grandalhões desviaram o olhar e, depois de cochicharem algo junto ao ouvido uns dos outros, se afastaram sem fazer nada. Parado no mesmo lugar, Tien observou-os por algum tempo. Embora não tivesse compreendido a razão desse comportamento, parecia aliviado.

Isto não é o fim dos seus problemas. Viver no Japão não é difícil para um estrangeiro. Mas aprender o idioma, o modo de falar e se comportar da forma adequada ao local onde vive e fazer amigos reais, e não superficiais, deve ser muito difícil. Garoto estrangeiro, sua luta começa agora. Mas, por hoje... Siga tranquilo, pensa Waniguchi.

Hirasaka e Waniguchi acompanham o menino Tien. Quando a oficina surge no horizonte, os passos do garoto se apressam cada vez mais. Ele abre a porta e entra quase correndo. E ali está a oficina no Natal do ano anterior, quando nada havia acontecido ainda. Waniguchi se sente estranho. À sua frente está ele próprio, vivo. Vivo, sentado de pernas cruzadas, em pose de gente importante. Como sempre, o Rato continuava a trabalhar consertando miudezas.

Experimentou falar com seu eu do passado.

— Ei, eu do passado, sabe, escuta essa.

O eu dele do passado continuava sentado. Parecia não ter ouvido coisa alguma.

Hirasaka intervém:

— Desculpe, mas, mesmo voltando ao passado, está estabelecido que nós não somos visíveis para ninguém. De modo que não é possível tentar mudar o destino falando com as pessoas. A única coisa possível é tirar uma foto neste local.

Waniguchi bufou e cruzou os braços.

— Quer dizer que não posso dizer "ei, eu do passado, de agora em diante, fique atento às suas costas"?

— Isso, o ato de mudar o destino é a mais séria das transgressões. Muito embora seja impossível, na verdade.

Enquanto conversavam, Tien resolveu falar:

— Boa tarde.

Seu sotaque continuava estranho, mas, ao ouvi-lo, o Rato ergueu a cabeça. O eu do passado de Waniguchi também observava como quem não quer nada. O Rato depositou uma foto sobre a mesa de trabalho.

— Esta foto estava quebrada. Eu consertei.

— Ah! — exclamou Tien, tocando de leve na foto. Em seguida, começou a chorar, grandes gotas de lágrimas rolando pelo rosto. Realmente, seja qual for o país, emoções se expressam da mesma maneira.

— Sabe este tio, ele usou um microscópio e emendou tudo. Pintou cores e corrigiu a imagem. E por cima de tudo fez mais um *coating*, ou seja, passou um remédio e consertou tudo, entendeu?

Enquanto explicava, Waniguchi indicou o microscópio com o queixo, e então Tien sorriu com cara de choro.

O preço pelo conserto não foi especial, foi o mais barato possível. Tien pagou quase tudo em moedas.

Enquanto assistia atento à negociação, Waniguchi disse a Hirasaka:

— Ô, Hirasaka, me passa a Leica.

Hirasaka pegou o medidor de luminosidade, conferiu a luz e, em pé, a uma distância que abrangia todos, espiou pelo visor da Leica IIf. Realizou mais alguns ajustes e entregou a câmera para Waniguchi.

— Pronto.

Waniguchi recebeu a máquina e espiou pela janelinha. Ali estavam, contidos no quadrado, Tien, rindo e chorando ao mesmo tempo, o Rato, impassível como de costume, e ele.

Ele com a cara de sempre, o Rato em silêncio, com a cara pouco atraente de todo dia, e Tien com a cara de quem não sabia se ria ou chorava. Era uma cena estranha. *Mas nada má*, pensou.

Ao apertar o botão, Waniguchi sentiu o leve estalido em sua mão.

Tien agradeceu inúmeras vezes e foi embora.

— Marcar a entrega da foto para hoje, véspera do Natal, foi um presente seu para o garoto? — perguntou o Waniguchi vivo.

Imediatamente o Rato começou a explicar com detalhes o tempo gasto no conserto, de modo que Waniguchi riu e disse:

— Está bem, já entendi.

Logo, Tien estava de volta.

Ofereceu um pequeno embrulho quadrado de arroz de sabor exótico envolto na folha de alguma planta.

Waniguchi piscou e percebeu que estava de volta no já conhecido estúdio fotográfico.

— Suponho que esteja cansado — disse Hirasaka. — Vou lhe preparar uma xícara de café.

Waniguchi tinha a sensação de ter feito uma longa viagem. Disse:

— Duas colheres de açúcar. E pinga um pouco de uísque.

Ouviu um leve ruído de grãos sendo moídos. Um aroma delicioso impregnou o ar.

— Aconteceu alguns meses depois. Bom, sabe, fui trespassado pelas costas — disse Waniguchi, e então o ruído do moedor de grãos parou. — Foi um único golpe, mas não sei quem foi. Muita gente deve me odiar. Nesse dia, por azar, me encontrei com o Rato, que também estava a caminho da loja. O coitado deve ter se apavorado ao me ver todo ensanguentado.

Waniguchi começara a escolher as fotos. Hirasaka depositou o café recém-preparado a seu lado e disse:

— Vou ao quarto escuro para revelar a foto. Quer acompanhar o processo?

Waniguchi imaginou que dois homens trancados num quarto escuro formariam um conjunto um tanto opressivo.

— Não, obrigado, confio em você. Dê um acabamento especialmente vistoso, está bem?

— Perfeito. Deixe por minha conta — disse Hirasaka, com um sorriso.

Quanta coisa aconteceu na minha vida, pensou Waniguchi enquanto verificava com cuidado, uma a uma, as fotos de seus quarenta e sete anos de existência.

Tinha imaginado que escolheria num piscar de olhos, mas o tempo passou enquanto se perdia na contemplação de cada foto. O primeiro casamento e o divórcio, os filhos que nunca mais vira. O segundo casamento. O dia em que saíra da prisão.

Não sabia quanto tempo passara assim concentrado.

Ao ver as quarenta e sete fotos escolhidas, Hirasaka lhe disse palavras de apreciação por seu esforço e acrescentou:

— A foto de há pouco já foi impressa.

Hirasaka entregou a foto com a delicadeza de quem entrega uma criança recém-nascida.

Waniguchi apanhou a foto. Sempre sentado, examinou a imagem cuidadosamente. *Vejamos o que uma Elmar F2.8 é capaz de fazer*, pensou.

A foto era em preto e branco. *Ora essa, monocromática, não tem graça alguma se não é em cores*, pensou a princípio.

Aquela cena era tridimensional, enquanto esta foto é lisa, uma simples superfície plana.

Mas, olhando com cuidado, a objetiva parecia ter removido uma fina camada daquela cena e transferido diretamente para a foto, em cujo centro a lágrima que hesitava entre cair ou não cair do rosto em perfil de Tien, chorando e rindo ao mesmo tempo, também tinha calor próprio. O rosto do eu dele do passado ao fundo, a figura miúda e inalterável do Rato, e até mesmo as rugas de sua roupa surgiam harmonizadas no brilho suave do preto e branco, como cena memorável de uma obra-prima cinematográfica.

Bem, resumindo, uma foto de boa qualidade.

— Está vendo? Minha habilidade como fotógrafo não é de se jogar fora, né? — disse Waniguchi, e Hirasaka respondeu, com um sorriso:

— Concordo.

Depois de receber de volta a foto, Hirasaka retornou ao ateliê, dizendo:

— Com esta, vou cuidar da finalização.

Enquanto esperava Hirasaka terminar a tarefa, qualquer que fosse ela, Waniguchi verteu por conta própria uísque e gelo num copo, girou as pedras com o dedo e ficou bebendo em silêncio.

Seu olhar caiu de repente sobre uma foto em um porta-retratos.

Pensou: *Ei, Hirasaka, enquadrar a foto do próprio rosto num porta-retratos para enfeitar uma prateleira é ser narcisista demais, não acha?* Mas de repente se lembrou. Hirasaka, desmemoriado, tinha apenas aquela foto misteriosa.

Quer dizer que esta é a foto em questão, pensou Waniguchi. Imóvel, fixou o olhar na fotografia. *Eu, que adoro histórias de detetives, vou tentar achar uma pista.*

No fundo havia uma montanha, e, diante dela, Hirasaka sorria com um jeito feliz.

Instantes depois, Hirasaka veio chamá-lo, e então Waniguchi expôs sua dedução com pose solene:

— Sua cara é a de alguém que sente alívio por ter conseguido comprar essa montanha. Hirasaka, em vida, você era produtor de shitake.

— Produtor... de shitake?

— Sua cara é de alguém que gosta de shitake. Essa expressão sorridente é a de alguém que comeu uma coisa gostosa.

— Sei... — disse Hirasaka, não de todo convencido.

— Em outras palavras, você foi um homem do bem.

Os dois se deixaram ficar por instantes contemplando a foto.

— Seu caleidoscópio está pronto — disse Hirasaka, conduzindo Waniguchi ao cômodo em frente, todo branco.

Waniguchi cruzou os pés e também os braços e se recostou no sofá. Sentiu um calor agradável envolver-lhe o corpo.

A luz do caleidoscópio já se encontrava acesa no cômodo totalmente branco e se alongava no piso branco.

— Quando este caleidoscópio começar a girar, aprecie as imagens com calma. Quando parar, será a hora da sua partida.

As fotos pareciam fosforescentes por causa da iluminação interna.

— Vamos começar, então — disse Hirasaka, tocando no aparelho.

O caleidoscópio girou. *Bom, tudo que gira deste jeito é bonito de se ver,* pensou Waniguchi. *Mesmo uma vida que terminou esfaqueada por alguém.*

— Uma vida depressiva, realmente.

Seu rosto rechonchudo de um ano vai se alongando aos dois, três e quatro anos.

Minha mãe, que saíra de casa nessa época, ainda estaria viva? Se estava, será que soube que se tratava de seu filho ao ver a notícia da minha morte? Comparada àqueles dias, minha aparência mudou bastante. Com certeza a imprensa não se deu ao trabalho de procurar uma foto que me fosse favorável, de modo que minha cara pavorosa de bandido deve ter visitado as salas de todos os lares.

Então a estrada de desmandos que eu mesmo escolhi na encruzilhada da minha vida se ligou no final àquele dia em que me vi caído numa poça de sangue.

Contemplou a foto de quando tinha nove anos. Em pé no topo de um trepa-trepa, contemplava o horizonte longínquo.

Se naquela altura eu tivesse escolhido outro caminho... Por exemplo, se a escolha de um certo dia — esmurrar ou não esmurrar um professor irritante —, se apenas uma dessas avaliações em encruzilhadas tivesse sido diferente...

Bem, mesmo que tivesse sido possível voltar atrás e refazer o momento, tenho a impressão de que tornaria a esmurrar o professor. E teria talvez acrescentado uns dois ou três pontapés. Sim, teria feito isso, com certeza. E dessa vez com um soco na cabeça também, professor idiota.

Na vida, não existem nem "talvez" nem "se". O presente é feito dos resultados das escolhas que fiz nas encruzilhadas.

Ainda assim, se...

— Se eu renascer, acho que vou ser dono de uma loja de artigos recicláveis. Eta vida sóbria!

Ao ouvir o que Waniguchi dizia, Hirasaka sorriu de leve.

Aos poucos, uma cor vaga começou a envolver os contornos. Chegara à última foto da sua vida — em preto e branco. *Que era melancólico estar na última foto da minha vida em companhia de um cara de aparência miserável e de um moleque chorando, isso era. Mas, bem, essas coisas podem acontecer, não é mesmo?*

— Até mais — murmurou Waniguchi.

Conforme a velocidade caía, a luminosidade aumentava. Ao fechar os olhos, sentiu a consciência se apagando como nos momentos que antecedem o adormecer.

O caleidoscópio parou.

***

A luz se intensificou e o branco envolveu todo o ambiente. Waniguchi foi se apagando e se diluindo nessa luz forte, e, quando a luminosidade voltou ao normal, ele já não se encontrava em lugar algum.

Hirasaka estava outra vez sozinho no cômodo. Com uma pequena luz acesa perto da mão, ele fazia o registro dos acontecimentos diante do caleidoscópio de Waniguchi. Em frente ao objeto parado, perdido em pensamentos.

O caleidoscópio de Waniguchi exibia tons azulados sobrepostos e lançava uma luz forte sobre o piso branco.

Na face voltada para ele, a foto em preto e branco. A última, em que apareciam Waniguchi, o Rato e o garoto. O Rato estava com uma cara que só podia ser definida como a de um rato.

Num dia qualquer de um futuro distante, seria bom se os dois pudessem tocar juntos uma loja de recicláveis, devaneava Hirasaka.

Pôs a mão no bolso e sentiu alguma coisa tocar seus dedos. Tinha se esquecido por completo, mas era o doce que Waniguchi lhe metera no bolso à força dizendo: "Fica com isso." Olhou com cuidado e descobriu que era um chocolate, em cuja embalagem estava escrito *Feliz Natal.*

Sorriu a contragosto da consideração um tanto incompreensível de Waniguchi.

Recomeçou a compor o registro. Diante do caleidoscópio parado, foi escrevendo no formulário a história que Waniguchi lhe contara. O único som audível no ambiente era o do lápis arranhando o papel.

Yama, o entregador, já devia estar chegando. Bem-disposto como sempre. Passos quase saltitantes. Pensou em oferecer-lhe uma xícara de chá, algo que havia muito não fazia. Não sabia por quê, mas estava com vontade de conversar.

* * *

Estou caindo, pensou Waniguchi.

Com um sobressalto, percebeu que estava em pé à cabeceira da cama de Kosaki.

Que é isso?

E por que Kosaki?

Ora, talvez isto seja a tal da aparição em sonhos de que tanto falam. Mas que quarto mais sujo! Tenha a santa paciência, arruma um pouco essa bagunça!

A cama parecia nunca ter sido arrumada. Em torno dela havia copos de lámen vazios e, empilhadas, revistas em quadrinhos, dessas vendidas em lojas de conveniência. Kosaki dormia de boca meio aberta, pernas e braços espalhados.

Waniguchi o chutou de repente. Sentiu o impacto nitidamente na ponta do pé. *Beleza.*

— Acorda, Kosaki!

— Uh, hein? Sr. Waniguchi... no hospital... Ai, por favor, não me apareça, *Namuamidabutsu!*, salve-me, Buda misericordioso! Vá em paz! Afaste-se, espírito do mal! O céu fica na outra direção! Para lá, para lá! — disse, indicando a porta de entrada.

— Quem é o espírito do mal, idiota?

Pisou na altura da barriga e sentiu resistência na sola do pé. Achou divertido e resolveu cantar enquanto subia e descia diversas vezes, como se a barriga fosse uma prancha de ginástica.

— Quero deixar uma mensagem para você.

Kosaki arfava debaixo dos sapatos dele.

— De hoje em diante, tome conta do Rato naquela oficina. E, se despedir o homem por qualquer motivo, vou aparecer todas as noites à sua cabeceira, ouviu, idiota?

Quando ele aproximou a cabeça, Kosaki soltou um grito esganiçado e tentou fugir:

— Entendi, entendi! Vou cumprir suas ordens direitinho.

Waniguchi revirou os olhos e deixou as mãos caírem na típica pose das aparições.

— Minha maldição será terrível! Buuu! Vou aparecer quando você abrir a tampa da panela. Buuu! Pelo buraco do chuveiro! Buuu!

— Entendi, estou dizendo que entendi!

Kosaki mergulhou sob a coberta e se encolheu.

Quando deu por si com um novo sobressalto, Waniguchi estava em pé diante da Loja de Recicláveis Andrômeda.

A placa "Fazemos consertos" continuava pregada lá.

Entrou e viu sobre a mesa da oficina fórmulas matemáticas espantosamente complicadas e diagramas empilhados. A oficina, que normalmente vivia arrumada com precisão milimétrica, estava um tanto desordenada. Talvez houvesse algum conserto tomando integralmente o tempo do Rato.

Como sempre fazia quando um conserto demandava muito tempo, ele estava deitado sobre uma coberta fina, reto como um pedaço de pau, num espaço livre do piso da oficina.

— Rato, Rato — chamou, sacudindo-o de leve, e então ele acordou. Talvez não estivesse passando bem, pois as bochechas estavam encovadas e parecia abatido. A semelhança com um rato se acentuara ainda mais. Ele se levantou e, induzido, Waniguchi também se ergueu.

— Bom dia — disse o Rato, passeando o olhar ao redor e parecendo estranhar a escuridão do lado de fora. — O senhor estava quebrado...

Waniguchi esperou a continuação da ladainha costumeira, mas não ouviu "e eu consertei". *Ora essa,* pensou.

— Desculpe.

Espantou-se, pois até aquele momento a palavra "desculpe" jamais saíra da boca do Rato. Tantas vezes ele exigira que o Rato se desculpasse sem nunca conseguir, mas agora, ele pedia desculpas.

— Ei, Rato, o que foi que aconteceu? Por acaso comeu alguma coisa estragada? — perguntou e, achando graça no que ele próprio disse, acabou rindo.

O Rato olhava fixamente para ele.

— O senhor quebrou. Eu não consegui consertar.

O Rato continuava imóvel, em posição de sentido.

— Pesquisei todos os dias. Mas não consegui consertar.

Depois de um curto silêncio, ele murmurou:

— Eu queria consertar.

* * *

O ar estava abafado, e ele não conseguia mais dormir. Kosaki se levantou num pulo.

— Mas que sonho mais maluco...

Na noite anterior, o falecido Waniguchi lhe aparecera à cabeceira e dissera, pisando-o repetidas vezes: "Cuide do Rato. Se despedir o sujeito por qualquer motivo, vou assombrá-lo todas as noites, ouviu bem, idiota?" Ao acordar, sentira dor em todas as juntas, e, ao olhar o ventre pisado, notou que havia manchas roxas. Às pressas, apanhou a carteira e foi correndo comprar sal na loja de conveniência.

— Escuta, você não tem uma embalagem grande? — perguntou, e ouviu que se esgotara e que só tinham em vidros pequenos. Comprou cinco vidros. Tinha alho na composição, mas, afinal, sal era sal.

Quando contou que o falecido Waniguchi lhe aparecera à cabeceira, todos riram, dizendo: "Pare de dizer asneiras." Mas era verdade. Kosaki passou a carregar o vidrinho de sal junto ao corpo e, se ele lhe aparecesse de novo, usaria para mandá-lo em paz de volta para o inferno.

Na oficina estava aquele homem estranho, o Rato. Mesmo depois da morte do Chefe, o Rato continuava zelosamente a trabalhar em alguma coisa. *Que sujeito mais difícil de entender,* pensou Kosaki.

Não sabia que tipo de boato existia em torno da Loja de Recicláveis Andrômeda, mas a frequência de clientes não diminuíra: eles surgiam todos os dias, alguns poucos de cada vez.

O Rato parecia estar consertando o hamster de dias atrás.

— O que pretende fazer com o hamster? Que acha de acrescentar um turbo nele?

Em silêncio, o Rato começou a retirar a pilha.

Em seguida, acomodou o hamster na palma da mão e saiu. Intrigado com o jeito do Rato, Kosaki resolveu segui-lo.

O Rato chegou ao barranco com passos decididos e, suavemente, pôs o hamster no chão. Arrancou o mato ao redor e, com um pedaço de pau que encontrou, começou a cavar a terra. O solo estava duro e não cedeu no início, mas, aos poucos, começou a se desmanchar.

Kosaki apanhou um caco de vaso quebrado caído nas proximidades e começou a cavar também.

Quando acabaram de enterrar o hamster, os dois juntaram as mãos em prece muda de maneira quase inconsciente.

O cheiro da terra se espalhou por todos os lados e um vento seco balançou o mato. Um homem passou correndo com pisadas leves. Ao erguer o olhar, um avião cruzava o ar, deixando um rastro branco. Kosaki olhou para o lado e viu que o Rato também fitava o céu.

Imóveis, os dois permaneceram ali, contemplando, até que a linha branca se dissolveu no azul.

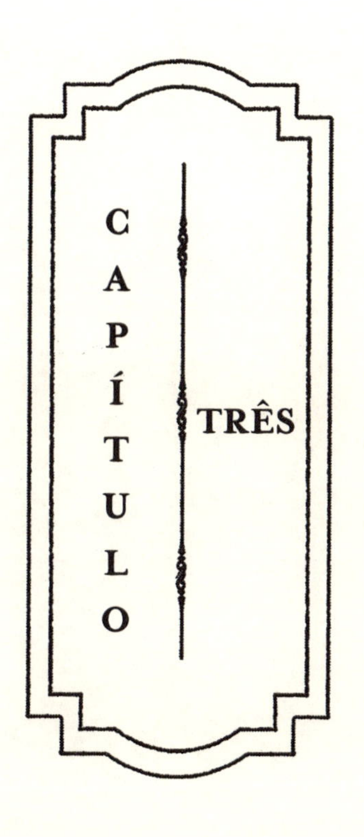
CAPÍTULO
TRÊS

Mitsuru e a última foto

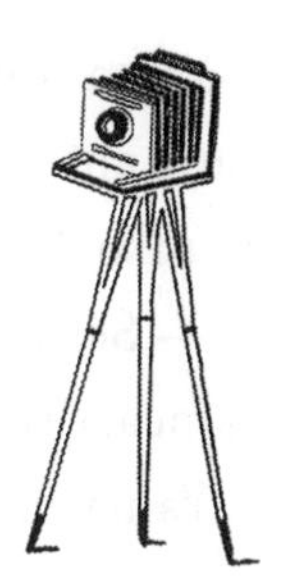

Passos vinham se aproximando. Transpostos para uma composição musical, os passos em ritmo saltitante seriam um *allegro*. Uma batida, outra batida, seguidas de três rápidas, soaram em sequência jovial à porta.

— Encomenda! Encomenda para o sr. Hirasaka — disse a voz costumeira.

Hirasaka abriu a porta, refletindo sobre Yama parecer sempre feliz, apesar de repetir vezes sem conta o mesmo procedimento.

Do lado de fora estava Yama, com a pala do boné voltada para trás. Surpreendentemente, ele não trazia o carrinho de mão.

— Sua visita de hoje é esta — disse, entregando o envelope que tinha numa das mãos.

Isto significava que não tinha havido necessidade do carrinho de mão porque a quantidade de fotos era mínima. *Talvez seja uma criança*, pensou.

Hirasaka ia assinar o recibo de entrega.

— Tem algumas fotos aí, mas, desta vez, o senhor não terá trabalho. Descanse. Acho que o senhor pode ficar tomando um chá em seu aposento. E aí estará tudo terminado.

Yama começara a dizer coisas intrigantes. Pensando bem, houve antes um evento meio parecido. Era raro, mas podia ser um caso de ressuscitação.

— Sério? Ótimo. Pela quantidade de fotos, deve ser uma criança, e se ela vai reviver, melhor ainda.

Yama empalideceu visivelmente, o que Hirasaka não deixou de perceber.

— Deixe-me ver o arquivo — pediu.

Yama costumava mostrar a pasta enquanto fazia graça, mas, naquele dia, mantinha-a debaixo do braço sem dar mostras de que a abriria. Mesmo depois de ouvir o pedido, continuou parado.

Era a primeira vez que isso acontecia.

— Deixe-me ver.

— Esta criança vai sofrer muito e morrer duas vezes. No fim das contas, ela vai acabar morrendo. Acho melhor o senhor não saber dos pormenores. Foi por isso que eu lhe disse para tomar seu chá tranquilamente e...

— Deixe-me ver! — disse Hirasaka, com voz áspera.

No arquivo que Yama lhe apresentou havia um adesivo vermelho. O adesivo vermelho era o arauto de mortes por assassinato ou suicídio, ou seja, morte ocasionada pelas mãos de um ser humano. Enquanto ainda lia o conteúdo, ouviu Yama insistir:

— Escute. Aqui não tem nada que o senhor possa fazer. É proibido mudar o destino, e, se o fizermos, teremos de responder por um crime grave. Além disso, o destino já está traçado e, por mais que queiram, guias não têm como mudá-lo.

— Sei disso.

— Faça um chá bem gostoso e ofereça a esta criança.

Assim dizendo, Yama se foi.

De repente, sentiu uma presença, e ali já estava uma criança deitada no sofá. Essa era a sua visitante.

Era nova ainda. Seu cabelo tinha sido raspado com máquina de maneira grosseira. Extremamente magra, cerrava os olhos com força como se estivesse tendo um pesadelo. Usava um casaco de lã velho, sob o qual era visível uma camiseta Power Rangers. Da calça preta, os pés emergiam retos. Ainda dormia profundamente.

Hirasaka retirou as fotos silenciosamente do envelope e as espalhou sobre o balcão.

Sua mão ficou paralisada. Não tinha ideia de quanto tempo permaneceu desse jeito. Depois de pegar as fotos com gestos vagarosos e de reintroduzi-las no envelope, voltou o olhar para a criança adormecida.

Talvez tivesse sentido alguma coisa, pois, de repente, a criança abriu os olhos, apavorada.

Os olhos que piscavam sem parar e os de Hirasaka se encontraram.

— Seja bem-vinda, Yamada.

A criança ainda parecia desconfiada. Protegeu o rosto com os braços como se estivesse com medo e se encolheu num canto do sofá.

— Sabe, Yamada. Eu estava à sua espera. Você estava destinada a vir para cá.

Com olhar apavorado, a criança não se mexeu.

— Você é Mitsuru, certo?

Então a menina meneou a cabeça de maneira quase imperceptível, concordando.

— E do que a minha pequena Mitsuru gosta? Posso lhe oferecer um doce ou suco de qualquer tipo. Este tio cuida de um estúdio fotográfico, sabe? Muito bem, venha para esta sala. Entre.

O ombro da menina tremeu. Ela sacudiu a cabeça para os lados. Sem dúvida estava apavorada por ter despertado num lugar desconhecido. Nesse passo Hirasaka não ia conseguir nada, de modo que resolveu falar a verdade.

— Pequena Mitsuru, você morreu e agora vai para o céu, entendeu?

Um leve rubor surgiu nas faces da menina.

— Este lugar é um estúdio fotográfico e serve como uma espécie de orientador do caminho. Por isso, todas as pessoas que morrem vêm até aqui. Você não precisa se preocupar com mais nada. O tio é o guia, entendeu?

— Eu morri?

Sua voz era baixa, quase inaudível. Imóvel e cabisbaixa, contemplava a própria mão.

— Isso mesmo. O que é uma pena.

Mitsuru continuava cabisbaixa.

— Mas temos ainda um pouco de tempo. Venha comigo, vamos sair para brincar em algum lugar.

Mitsuru sacudiu a cabeça para os lados.

— Vamos a um parque e comeremos chocolate. A gente pode brincar no balanço, com uma bola ou comer uma batata assada... Você vai se divertir bastante.

Mitsuru pareceu reagir fracamente à palavra chocolate.

— E de sorvete, você gosta?

Parecia em dúvida, pois seus olhos se moviam de um lado para o outro.

— Você não precisa se preocupar com nada. Conduzir as pessoas a diversos lugares é parte do meu trabalho. A gente pode até viajar no tempo, sabe? E levaremos uma máquina fotográfica.

Abriu a porta do depósito de equipamentos e o mostrou a Mitsuru, que, ainda hesitante, acenou a cabeça e concordou.

— Vamos juntos. Será divertido, você vai ver. Vou levar uma câmera, está bem? Espere um pouquinho.

Hirasaka pegou uma câmera no depósito.

Ela lhe tinha sido recomendada por uma visita muito falante que passara por ali, e o próprio Hirasaka tinha bastante familiaridade com ela.

— Esta câmera se chama Nikon F3, sabe? Ela é muito boa.

Mitsuru parecia não ter nenhum interesse por câmeras, e logo desviou o olhar.

— Muito bem, vamos partir. Fique em pé ao meu lado.

Mitsuru também se pôs em pé diante da porta, mantendo um discreto distanciamento.

O dia escolhido por Hirasaka para a última foto de Mitsuru foi 16 de março.

* * *

Uma leve sensação de desconforto na planta dos pés. Uma ladeira. Hirasaka e Mitsuru estavam em pé numa estrada de pista dupla na encosta de uma montanha. Havia uma claridade parcial ao redor e, por entre a folhagem, os primeiros raios de sol começavam a surgir sobre a crista da montanha. Talvez aturdida pela súbita mudança de lugar, Mitsuru estremeceu e pareceu prestes a correr montanha abaixo.

— Está tudo bem. Não tenha medo. Vamos descer um pouco por esta estrada e, quando acharmos um ponto, vamos tomar o ônibus. Vamos procurar um lugar onde a gente possa brincar, certo?

Mantendo uma boa distância, Mitsuru seguiu Hirasaka com passos desanimados. Estavam nas proximidades da casa da menina, e ela provavelmente já conhecia essa estrada, mas parecia não saber o que fazer. Estava em dúvida se podia continuar seguindo Hirasaka, mas tudo indicava que ela se resignara a acompanhá-lo por não ter opção.

Depois de descerem um bom tempo pela estrada com defensas metálicas, chegaram a uma área com casas esparsas em meio a campos cultivados. E ali estava o ponto de ônibus. Protegido da chuva por um telhado de madeira, o abrigo era quase uma cabana. Dentro, havia um banco, também de madeira. Uma tabela presa à parede informava que passavam apenas dois ônibus por hora. Os dois se sentaram no banco, cada um numa ponta.

Que pássaro seria aquele? Rompendo o ar matinal, seu canto reverberava a distância.

Um estudante, na certa membro do clube de beisebol de sua escola, sentou-se no meio do banco com uma sacola grande. Não parava de bocejar.

Logo um ônibus se aproximou, e todos embarcaram. Mitsuru se sentou no último banco.

Hirasaka se deixou embalar no movimento da condução. *A distância entre pontos é longa em linhas interioranas,* pensou. Pouco depois, uma família embarcou. A criança, um menino, parecia muito feliz sentado no colo do pai. Da trouxa que a mãe levava, espiavam uma toalha de piquenique, um cantil e um pacote com o lanche da família. Pendendo do pescoço, ela levava uma enorme câmera fotográfica com a qual na certa pretendia tirar uma foto para a posteridade.

O ônibus corria, e eles chegaram a uma área bem mais povoada. Uma voz anunciou pelo alto-falante que estavam diante do Parque Municipal, e Hirasaka sinalizou com a mão para Mitsuru, sentada atrás. Seguindo a família, os dois também desceram.

O inverno chegava ao fim e o sol irradiava um calor agradável naquele começo de primavera.

— Olhe, Mitsuru, ali tem uma loja de conveniência. Compro qualquer coisa que você quiser — disse Hirasaka, e no rosto da menina, ainda desanimada, só o olhar se acendeu.

Dentro da loja, o olhar da garota percorreu diversas prateleiras. Um cliente que vinha pelo corredor em sentido contrário atravessou seu corpo e ela gritou, assustada.

— Sabe, as pessoas por aqui não nos veem nem ouvem. Ninguém mesmo. De modo que você pode ficar tranquila.

Mitsuru apalpou o próprio ventre para se certificar de que tudo estava em seu devido lugar.

— Você já ouviu falar em oferendas? As pessoas oferecem frutas e alimentos para seres que não são humanos, não é mesmo? Pois você pode comer essas coisas também. Mas, agora, aponte com o dedo o que você quer.

No começo ela pareceu um tanto tímida, mas, ao ouvir de Hirasaka que poderia comprar o que quisesse sem se preocupar com o dinheiro, começou a apontar aqui e ali. A cada vez, Hirasaka se concentrava e retirava lentamente sacos de pipoca e de marshmallow. Mitsuru se espantou ao ver as coisas se duplicarem como num passe de mágica.

Depois disso, ela observou atentamente o que fariam com o valor total das compras, de modo que Hirasaka disse:

— Vou pagar. — Parou diante de uma funcionária que não estava olhando para ele e disse: — Vou deixar aqui o dinheiro.

Chegando ao parque, começaram comendo os doces. Mitsuru devia estar com muita fome, pois comeu bastante.

Havia muitos brinquedos ali e diversas famílias estavam se divertindo.

Mitsuru parecia não saber o que fazer. Hirasaka a convidou para os brinquedos. Sentou-a no balanço e empurrou-lhe as costas suavemente. Escorregaram juntos no tobogã, e, quando a velocidade aumentou, a menina gritou. Como havia um lago, convidou-a a lançar pedras na água. Com o tempo, a menina se entusiasmou e começou a brincar sozinha. Hirasaka seguiu-a com o olhar. Mitsuru saltou sobre as pedras do lago até chegar ao outro lado e se dependurou em argolas com os braços bem esticados...

Parecia haver um mirante mais acima, subindo pela estrada da montanha.

— Mitsuru, vamos subir até o mirante.

A placa dizia "vinte minutos a pé", ou seja, tempo ideal para ir e voltar.

Por dentro do bosque havia uma escadaria coberta de folhas caídas conduzindo montanha acima.

Conforme subiam, a balbúrdia do parque foi aos poucos se dissipando e restou apenas o leve ruído de seus passos pisando folhas secas. O ar era puro.

Num galho de árvore de onde todas as folhas já tinham caído, Hirasaka descobriu uma projeção verde arredondada semelhante a uma bola.

— Veja, Mitsuru, aquilo é um visco. Só aquele pedaço já é uma outra árvore.

Mitsuru ergueu o olhar.

Subiram pisando em cada degrau com firmeza. Logo chegaram ao mirante. Não sabia se Mitsuru o ouvia ou não, mas foi falando de diversos assuntos.

— Sabe esta câmera? A lente se chama GN Nikkor, mas, como você pode ver, ela é fininha e não atrapalha quando subimos uma montanha.

Apontou a lente, e Mitsuru lançou um rápido olhar nessa direção.

— Levamos deste jeito, olhe. — E mostrou a alça que lhe cruzava o peito de viés. — Você também quer tirar uma foto? Eu a deixo regulada, então você não precisa se preocupar com o foco. Inclua no quadrado as coisas que você quiser capturar e bata a foto.

Ajustou o foco de modo que Mitsuru pudesse fotografar de qualquer ângulo.

— Olhe aqui — disse, apresentando a câmera e despertando na menina a vontade de espiar pelo visor.

Ajeitou a alça sobre seu ombro. Nas mãos dela, a câmera parecia enorme. Mitsuru espiou aqui e ali através das lentes. Hirasaka ensinou-lhe a localização do botão e a função "rebobinar", após o que a menina começou a tirar fotos de diversos lugares, a princípio um tanto temerosa, mas, com o passar do tempo, com prazer cada vez maior.

Hirasaka chegou primeiro ao mirante e percebeu que a menina tirava fotos dele enquanto subia a escadaria. Agitou o braço num movimento amplo.

— Falta pouco. Cansou?

No local havia uma família. Uma menina gritava alguma coisa em voz alta:

— Professora!

A menina tinha uma das mãos pousada sobre uma rocha arredondada.

Em seguida, um menino, que parecia ser o irmão mais velho, pôs a mão sobre a pedra da mesma maneira e gritou:

— Astronauta!

E, em seguida:

— Funcionário da NASA!

— Não vale pedir duas coisas, maninho — disse a menina, fazendo o irmão rir.

— E que seus desejos se concretizem. Se vocês se empenharem em fazer suas lições de casa, vocês conseguirão — disse a mãe, afagando-lhes as cabeças.

— Funcionário da NASA? Você vai ter que se empenhar muito — disse o pai, sorrindo e tirando uma foto.

Como a paisagem era bonita, eles se revezaram tirando fotos uns dos outros. *Se eu fosse visível para eles, poderia me oferecer para tirar uma foto da família reunida*, pensou Hirasaka. Mas, infelizmente, ninguém o via naquele momento.

Quando a família se foi, o silêncio de repente se impôs nas redondezas.

No lugar onde a família estivera havia uma pedra lustrosa e arredondada. Era grande, quase do tamanho de um adulto agachado.

Olhando bem, Hirasaka encontrou um cartaz explicativo, segundo o qual, se você gritasse com a mão sobre a pedra e o eco retornasse, seu pedido seria atendido. Era por isso que aquelas crianças gritavam o que queriam ser no futuro. Talvez pelo fato de todos tocarem num mesmo local, só ali a pedra parecia mais lustrosa. *Quantos sonhos não teriam sido gritados aqui*, pensou.

— Mitsuru, sabe esta pedra? Diz que, se você gritar o que quer ser no futuro e o eco responder, seu desejo se realizará.

Cabisbaixa, Mitsuru apenas olhava o chão. Por algum tempo permaneceu assim em silêncio.

— Não precisa — disse ela, sacudindo a cabeça para os lados. — Porque não vai dar certo — completou baixinho para o chão e, em seguida, olhou diretamente para Hirasaka.

— E você, tio?

— Como assim? Eu?

Um breve aceno positivo de cabeça.

Será que ela está perguntando o que eu queria ser?

— Bem, o que eu queria ser... — disse, procurando a resposta. Uma resposta inteligente, educativa, razoável. Mas tudo em que pensava soaria como mentira, e Hirasaka não conseguiu pôr em palavras.

O que eu gostaria de ser.

O que gostaria de ter feito.

Procurei por tanto tempo...

— Falando honestamente, até agora eu não sabia direito. Porque acabei vindo sem saber.

Por instantes os dois contemplaram a paisagem em silêncio.

— Mas tenho a impressão de que finalmente descobri. O que devo fazer.

Assim dizendo, pôs a mão sobre a pedra. Muito lisa, possuía uma textura estranha que provocava a vontade de deixar a mão ali para sempre. Na certa porque, no momento em que a tocavam, o que havia no coração das pessoas era um futuro repleto de esperança.

Hirasaka rezou. Contudo, não chegou a gritar.

Do mirante avistava-se muito longe. Abaixo, pessoas brincando no parquinho eram visões minúsculas. Os brinquedos e as roupas das crianças transbordavam de cor, tornando-os semelhantes a miniaturas multicoloridas. As crianças que corriam de um lado para o outro na certa brincavam de pega-pega. Outras pulavam corda. Ninguém se cansaria de vê-las.

Mitsuru também observava pela objetiva da câmera. Como ela parecia um tanto apreensiva, Hirasaka disse:

— Não se preocupe. Tire muitas fotos.

Ao ouvir isso, a menina começou a clicar muitas vezes.

O vento era agradável.

Hirasaka juntou as mãos em forma de megafone e disse:

— Preste atenção. Vamos ver se consigo... Aaah! — gritou bem alto.

Mitsuru se espantou.

"Aaah!", soou o eco baixinho, reverberando diversas vezes. Diversas vezes.

— É o eco. Tente também, Mitsuru.

No começo, sua voz saiu muito baixa.

— Tente soltar a voz, pondo força na barriga. Você vai ver como é gostoso. Vamos, tente.

Sua voz foi se tornando cada vez mais alta: "Aaah!"

— Mais alto!

— Aaah!

"Aaah", voltou a voz da menina.

Logo Mitsuru achou divertido gritar e riu baixinho.

— Quando grita bem alto, você sente que todo o seu medo sai voando com sua voz, não é? Quer ver?

— Aaah! — gritou Hirasaka.

Mitsuru tentou imitar.

— Isso mesmo, Mitsuru! Vamos, grite, grite mais alto!

Dessa vez, a voz saiu bem mais alta. Ao se voltar para a menina, percebeu que o suor porejava em sua testa. Ela riu. Foi a primeira cara risonha que ela mostrou para Hirasaka.

Rasgou e arrancou o papel prateado que envolvia o chocolate que haviam trazido e o devorou.

— Não coma tanto. Você vai ter cáries.

— Não vou, não.

No momento em que decidiram deixar para trás o mirante, Mitsuru começara a se abrir e tornara possível manter breves diálogos.

Do outro lado do arvoredo dava para ver as crianças brincando no parquinho.

Na raiz de uma árvore, os dois encontraram muitas folhas secas, e Hirasaka cavou um buraco no meio delas com a ponta do sapato.

— Mitsuru, junte muitas folhas secas. Há pouco, comprei batatas-doces lá na loja de conveniência. Vamos assá-las aqui e comer.

Mitsuru começou a juntar as folhas secas, muito feliz. Ela reuniu todas num mesmo lugar e com elas formou uma grande montanha.

Hirasaka lavou as batatas e envolveu-as com cuidado em papel-alumínio.

— Não pode ter espaço aberto, entendeu? Porque senão as batatas acabam queimadas.

Mitsuru também envolveu as batatas em papel-alumínio e colocou-as dentro da montanha de folhas secas. Diante delas, olhou para Hirasaka como se perguntasse: *Como vamos acender o fogo?*

— Eu não fumo. De modo que não tem como acender o fogo — disse ele, e a menina pareceu desapontada. — Mas, não se preocupe, eu conheço um jeito de fazer fogo.

Hirasaka retirou a lente da câmera. Abriu o diafragma e fez o foco redondo da luz se projetar no solo.

— Procure as folhas mais escuras possíveis. Quanto mais pretas, melhor.

Seguindo as instruções, Mitsuru trouxe folhas enegrecidas.

— Ponha-as no chão. Depois, fique observando.

Ele convergiu a luz da lente sobre as folhas no chão. Quando o foco redondo da luz diminuiu para o tamanho de um ponto, um fio de fumaça começou a se elevar.

— Nooossa...

— Com uma lente deste tipo, você consegue acender o fogo mesmo quando não tem fósforos, entendeu? Se você não tiver uma lente, poderá usar água acumulada num saco de plástico, sabe?

Hirasaka desenhou no chão um saco de plástico. Em seguida, desenhou de maneira simples raios convergindo para o plástico e resultando num ponto.

— Verdade?

— É verdade. Os raios se juntam da mesma maneira. Vamos, experimente fazer, Mitsuru.

Ele pôs a lente na mão da menina e a fez proceder do mesmo modo. Um fio de fumaça começou a se erguer.

— Consegui!

— É assim que se juntam os raios solares. Coisas escuras costumam queimar mais facilmente. Lembre-se bem disso. O fogo, quando acaba de nascer, é fraco. Olhe, veja isto.

Hirasaka vasculhou o bolso da calça.

— Este pó feito de restos de fios pega fogo com muita facilidade. Por isso, vamos aproximá-lo da fumaça.

Depositou suavemente o pó e, no mesmo instante, o volume de fumaça aumentou de maneira visível.

— E assim vamos aumentando o fogo, pouco a pouco. E quando o fogo ficar forte como está agora, você pode assoprar, ou abanar. O fogo vai ficar mais forte ainda e arderá.

As folhas começaram a queimar e, de repente, o fogo aumentou e surgiram labaredas. Ao aproximar o rosto para assoprar, Mitsuru deve ter inalado um pouco da fumaça, pois começou a tossir.

— Tudo bem, Mitsuru? Procure não aspirar a fumaça porque ela não faz bem para o nosso corpo. Por exemplo, se acontecer de você estar num incêndio, é bom tapar a boca com um pano molhado. Não se esqueça disso, está bem?

— Sim — respondeu a menina com simplicidade.

A fogueira continuou a queimar. Sentada ao lado de Hirasaka, Mitsuru observou em silêncio o aspecto do fogo.

Quando considerou que já se passara um bom tempo, Hirasaka enfiou um galho no meio da fogueira. Espetou a batata mais gorda com o galho e verificou que estava macia até o miolo.

— Pronto, vamos comer.

Partiu ao meio a batata ainda coberta com papel-alumínio e a dividiu com Mitsuru. Assoprou a batata e, enquanto a comia, sentiu sua firme doçura.

— Está gostosa. Muito gostosa — disse Mitsuru como se falasse consigo mesma.

Pelo visto, ficou com vontade de tirar uma foto da batata, pois pegou a câmera que estava ao lado.

— Se você tirar de muito perto, a imagem vai ficar borrada. É melhor se distanciar um tanto assim — ensinou Hirasaka, afastando as mãos.

Mitsuru deu três passos para trás e de lá tirou a foto da batata sobre as folhas secas. Em seguida, virou a objetiva na direção de Hirasaka. Sorrindo meio constrangida, Mitsuru perguntou:

— Posso tirar uma foto sua?

— Claro! — respondeu Hirasaka, sorrindo.

O barulho do disparador soou.

— Bom, agora que já comemos, vamos embora. Mais tarde, vou revelar as fotos que você tirou, está bem? Vamos vê-las juntos.

Mitsuru parecia feliz à espera desse momento e disse:

— Sim.

Hirasaka estendeu a mão para a menina; no entanto, ela pareceu hesitar outra vez.

— Tudo bem, já entendi — disse Hirasaka com um sorriso e começou a andar.

Em seguida, Mitsuru procurou a mão que lhe fora estendida momentos antes e a segurou de leve.

Mais um passo e já estavam no interior do estúdio fotográfico. Ainda segurando a mão de Hirasaka, a menina passeou o olhar em torno, espantada.

— Agora vamos ver como ficaram as fotos que você tirou.

Rebobinou o filme e abriu a tampa atrás da câmera. Retirou a bobina e a mostrou à menina.

— Elas estão aí dentro? — perguntou Mitsuru.

— Do jeito que estão agora, não podemos vê-las, de modo que vamos usar alguns produtos que tornarão as fotos visíveis — explicou. — Vamos pôr o filme dentro deste tanque de revelação, despejar os produtos e revelar.

Quando Hirasaka mostrou o tanque, uma espécie de tambor de aço inoxidável e uma bobina também de aço inoxidável para enrolar o filme, Mitsuru começou a se interessar. Hirasaka escureceu por completo o ambiente, enrolou o filme na bobina e a introduziu no tanque. Quando ele acendeu a luz, Mitsuru piscou os olhos rapidamente. O tanque parecia grande demais para as mãos da menina.

Introduzir os produtos químicos no tanque, agitar e, após breve descanso, repetir a operação era uma novidade para a menina, que esperou com alegria os comandos de Hirasaka.

— Pronto, agite dez segundos a partir de agora. Pronto, pode descansar...

Terminada a lavagem, retirou o filme da bobina, e então já foi possível visualizar imagens no interior dos quadrados. Mitsuru gritou de alegria:

— Olhe, está fotografado!

Fizeram uma breve pausa enquanto o filme secava.

— Mas ainda não chegamos ao fim. Agora nós vamos queimar as fotos em um papel grande e transformá-las em retratos.

— Queimar?

— Hum... Isto é, vamos imprimir no formato de retrato. E vamos escolher uma foto no meio delas, sabe? Qual é a sua preferida?

Um tanto acanhada, Mitsuru apontou um quadrado que mostrava Hirasaka em close comendo batata assada.

— Agora vamos imprimir. Vou escurecer o cômodo, está bem?

Assim dizendo, Hirasaka acendeu uma luz de segurança alaranjada. As revelações monocromáticas possibilitavam acompanhar o andamento do processo.

Quando a luz atravessou o negativo, a imagem surgiu com clareza e alegrou a menina.

Em meio à claridade alaranjada da luz de segurança, Hirasaka preparou o papel fotográfico.

— Agora vou jogar luz sobre o papel fotográfico. Fique olhando.

Mitsuru aguardava tensa o instante em que a luz brilharia. A luz que atravessava o filme brilhou por um segundo. Mas o papel continuava branco.

— Ué? Não tem nada aí...

Para a menina, aquilo não passava de um papel branco.

— Mas então... — disse Hirasaka, imergindo o papel no líquido revelador. — Fique olhando com atenção.

Alguns segundos depois, a imagem começou a surgir dentro do líquido como se flutuasse, o que realmente espantou a menina.

— A foto apareceu de onde não tinha nada!

— Impressionante, não é?

A menina concordou com um meneio de cabeça.

Por último, ao transferir o papel para a cuba de lavagem, os olhos de Hirasaka se encontraram com os da própria imagem fotografada.

Infelizmente, a batata-doce não aparecia por ter ficado fora do enquadramento, mas havia a sensação de um vapor morno provindo dela e, para além disso, o rosto dele. Cantos dos olhos apertados, lá estava ele diante de uma deliciosa batata assada, sorrindo sem reservas. *Então essa é a expressão que eu por vezes mostro para as pessoas,* pensou Hirasaka. O sol brilhava em cada folha do arvoredo às costas dele. A tarde de domingo, as horas que haviam passado num plácido parque também escoavam no interior da foto.

— Mitsuru, que bela foto você tirou! — disse Hirasaka, e a menina reagiu com um sorriso satisfeito.

Saíram do quarto escuro e Hirasaka disse:

— Obrigado pela ajuda. Enquanto espera a fotografia secar, sente-se ali. — E apontou uma banqueta redonda.

Mitsuru se sentou, mas, como a banqueta era alta, suas pernas ficaram balançando no ar.

— Espere só um pouco, está bem? Já sei: vou lhe preparar um leite com farinha de soja. É muito gostoso. E que acha de fazer dobraduras enquanto espera?

As costas voltadas para ele, a menina tinha um ar totalmente desprotegido.

Cabeça raspada. Pescoço fino e nuca expostos. Atenta às próprias mãos, devia estar fazendo dobraduras.

Hirasaka misturou com uma colher o leite, o açúcar e a soja em pó. Da mistura se elevava um aroma morno e gostoso.

— Prontinho — disse, oferecendo a caneca, e Mitsuru sorriu. Ia pegar e...

Com um estrondo, cacos da caneca se espalharam no chão.

— Desculpe, desculpe, desculpe — disse Mitsuru, tentando apanhar os cacos, mas Hirasaka notou que a pequena mão parecia translúcida e que o piso estava visível embaixo dela.

"Não tem importância", ia dizer estendendo a mão, mas ela passou pela da menina. Seu vulto começou a se apagar.

— Tio, me ajude — gritou a menina.

— Não se preocupe, Mitsuru, lembre-se...

Com as últimas palavras de Hirasaka, Mitsuru perdeu a consciência. E assim foi sendo tragada para dentro de um intenso negrume.

* * *

Onde estou?

Mitsuru voltou a si, sentindo uma dor aguda no corpo. Tentou mexer os pés, e a corrente e as algemas que os prendiam tilintaram.

Ainda estou na varanda.

Mitsuru cerrou os olhos, desanimada.

O local era uma varanda entre duas casas dilapidadas onde nem a luz chegava. Mitsuru estivera presa nesse lugar desde a noite anterior.

Sentiu alguma coisa aderida à testa. Tocou com o dedo e sentiu uma dor intensa. O que tinha colado à testa devia ser sangue coagulado. Não sabia direito quanto tempo fora surrada, pois, nesse ínterim, ela se lançara ao teto.

Na noite anterior. O padrasto investira contra ela e a esmurrara com toda a força. Muitas vezes. De cima do teto, Mitsuru vira tudo como se nada daquilo fosse com ela. A mãe estava no outro cômodo, entretida com o *smartphone*. Sem olhar para o companheiro, dizia para ele: "Não exagere, ouviu?" e "Mitsuru, a culpa é sua. Peça desculpas".

— Minha mão está doendo. — O padrasto começou a reclamar, mas, quando pegou um taco de golfe a um canto da sala, Mitsuru já não tinha forças para fugir.

O padrasto nunca jogara golfe, imagine!

Pegou o taco em algum lugar só para bater em mim.

A essa altura, já não importava o motivo pelo qual estava sendo surrada. Nada importava. Só queria não sentir mais dor.

Seu lugar era a casinha de cachorro da varanda, em meio a uma montanha de lixo. O cachorro morreu depois de levar chutes do padrasto. Além do cobertor cheio de pelos de cachorro, nada mais havia ali que a protegesse.

Quando a "correção" começava, Mitsuru logo mandava sua consciência para o teto. *Por favor, que tudo isso acabe. Para sempre*, rezava Mitsuru.

Quando seu corpo fora arremessado na varanda, os calcanhares atingiram o piso por último e bateram duas vezes. Lembrava de seus tornozelos terem sido presos com algemas e de ouvir, ao longe, o barulho de chave fechando a janela. Entreabriu os olhos e viu que quem trancava a janela era a mãe.

— Fique aí fora e pense nos seus erros — dissera a mãe.

Sabia que não adiantava chorar e pedir que a deixassem entrar: sua voz não seria ouvida, pois já não havia moradores naquela vizinhança. A primavera ainda tardaria um pouco a chegar. Ela só se lembrava de ter sentido frio e de ter se enrolado no cobertor. Uma chuva gelada começou a cair e as gotas começaram a vazar pelas frestas da casinha de cachorro, umedecendo sua cabeça e o cobertor. Mas nada mais importava.

Ela perdeu os sentidos — e sonhou.

Um sonho em que brincava com alguém.

Uma pessoa carinhosa. Um homem.

Os olhos deviam estar muito inchados, pois não conseguia abri-los, mas enfim separou as pálpebras com dificuldade.

Então percebeu que o que a despertara tinha sido o sol em seu rosto. A varanda era uma nesga entre os telhados de duas casas. A abertura sobre ela era uma fina brecha, mas o sol devia estar a pino.

Ofuscante.

Ia fechar os olhos quando viu algo brilhando na borda do seu campo visual. Deslocou apenas o olhar e percebeu que alguma coisa refletia os raios solares.

Era a água empoçada nas coisas largadas pela varanda. Potes de utilidade desconhecida, jornais, revistas, caixas de ovos, panfletos, lixo de todo tipo empilhado. Embalagens de lojas de conveniência metidas de qualquer jeito em sacos, sacos plásticos...

Fechou os olhos.

Queria ter aquele sonho outra vez.

A batata assada do sonho estava deliciosa.

Quando foi a última vez que eu comi? Já esqueci.

Será que ele não poderia brincar de novo comigo?

Abriu os olhos com um sobressalto em meio ao mau cheiro reinante.

"Eu sei de um jeito..."

Teve a impressão de que ia se lembrar de alguma coisa.

"Conheço um jeito de acender o fogo..."

Estava quase se lembrando.

"Mas fique tranquila. O tio sabe acender o fogo..."

A voz ressuscitou em sua mente.

"Se você não tiver uma lente, um pouco de água dentro de um saco de plástico funciona do mesmo jeito..."

Se não tiver...

Uma lente....

Água dentro de um saco de plástico...

Só de erguer um pouco o tronco, todas as juntas do corpo protestaram e ela gritou de dor. Estendeu a mão, desesperada, mas não alcançou porque a corrente era curta demais. Com a mão esticada a mais não poder, agarrou um pedaço de pau e com ele foi puxando para perto de si o saco de lixo até conseguir pegá-lo. Os ombros e a cabeça pareciam prestes a estourar de tanta dor, e ela se sentiu nauseada.

No saco transparente, a água da chuva da noite anterior tinha se empoçado.

Luz.

Juntar a luz.

Focar a luz num único ponto.

Preto. Folha preta ou qualquer coisa preta.

Procurou uma parte não molhada nas páginas internas de uma revista e com algum custo descobriu uma área impressa com tinta preta.

Era para juntar a luz em algo preto.

Permaneceu algum tempo assim, e logo um fino fio de fumaça começou a se erguer.

Tinha mais alguma coisa em sua cabeça que ela devia lembrar. Mitsuru fechou os olhos.

Pensou com toda a força.

Pó de fios acumulado em bolsos.

Sua roupa infelizmente estava encharcada. Mas tinha um lençol dentro da casinha do cachorro. Juntou o que lhe pareceu ser pó de linha do lençol.

A quantidade de fogo começou a aumentar aos poucos. Enfim, uma pequena língua de fogo se ergueu.

— Fogo!

Protegeu a chama com a mão. Foi acrescentando pedaços secos de lixo uns após os outros e o fogo foi se tornando cada vez mais forte. Uma vez fortalecido, o fogo tomou ímpeto e começou a subir, lambendo a parede. Fagulhas estalaram e se espalharam.

Queime.

Queime bastante.

Queime tudo até o fim.

A fumaça a fez tossir.

Protegeu a boca com o cobertor que a chuva molhara.

Contemplou o fogo que crescia e se deitou no chão, certa de que tudo se acabaria.

Esse homem imprestável e minha mãe tomam um remédio esquisito e dormem até de tarde.

O fogo cresceu e envolveu a parede, prestes a alcançar o céu.

Está quente.

Agora, tanto faz.

Mas...

O que foi mesmo que o tio me disse por último?

Ele tentava me dizer alguma coisa desesperadamente.

Com uma careta diante da quentura que se aproximava cada vez mais, pensou por instantes.

O tio me olhou no fundo dos olhos e falou, sorrindo: não se preocupe. E, por último, disse: Grite! Grite, Mitsuru. Bem alto!

Vamos, tente agora. Em voz bem alta, com toda a força. Você treinou muitas vezes comigo, lembra?

Faça como daquela vez, inspire, junte o ar na barriga. Leve as mãos à boca.

Vamos, não desista.

— Aah!

Vamos, não tenha medo.

Abra bem a boca, grite como daquela vez.

— Aaah!

Ela ouviu alguém dizer:

— Ei, tem alguma coisa queimando ali! Chamem os bombeiros, os bombeiros. É uma casa vazia? Não importa, vamos telefonar. Nesta área não deve ter gente morando. Seja como for, vou tirar fotos e gravar em vídeo. Talvez eu consiga vender o vídeo para algum canal de TV.

Mitsuru se ergueu. Todas as articulações gritavam de dor. Os joelhos ameaçaram ceder diversas vezes, mas a menina se agarrou ao lixo. Transferiu o peso do corpo para os braços e esticou os joelhos bem devagar.

Sentiu tontura, pois fazia dias que não comia nada. Mas ainda assim não desistiu.

Levantou-se.

Com o fogo rugindo às costas...

Mitsuru gritou. Com toda a força que conseguiu reunir...

— Ei, olhem, tem uma criança ali! Ela está tentando subir, mas parece que não tem onde pisar lá em cima.

— Os bombeiros já vão chegar, aguente firme!

— Abaixe a cabeça. Cubra a boca com alguma coisa! — diziam pessoas desconhecidas procurando encorajá-la.

Os bombeiros vieram em seguida.

— Você está bem? — disse um deles erguendo-a nos braços, e então o pano que lhe cobria o rosto caiu. Ao ver o rosto inchado, o corpo cheio de hematomas e as algemas nos pés, o bombeiro deixou escapar um gemido abafado.

As algemas estavam fechadas a chave e não podiam ser retiradas.

— Vou cortar esta corrente agora mesmo. Pronto, não tenha medo. Você está salva.

Pela escada, o bombeiro carregou nos braços o corpo cheio de hematomas de Mitsuru e acariciou diversas vezes sua cabeça raspada. Seus olhos se encheram de lágrimas enquanto consolava a menina.

Mitsuru olhou para a casa que queimava e pensou: *Tomara que queime tudo.*

— E sua família? — perguntou o bombeiro.

Mitsuru ficou paralisada por alguns instantes.

Que o fogo queime tudo, a casa, aquele sujeito, e minha mãe. Minha mãe, que não me salvou. Queime tudo.

Mitsuru sabia que, se dissesse que não havia mais ninguém na casa, a ajuda atrasaria. Apesar de tudo, ela disse:

— Minha mãe está lá dentro.

* * *

O pêndulo e os ponteiros do relógio na parede do estúdio fotográfico estavam parados, mas, ainda assim, era preferível tê-lo à alternativa contrária, analisou Yama, o entregador. Era uma questão de estética.

Enquanto esperava pelo chá, Yama estivera contemplando o retrato de Hirasaka no porta-retratos. Na foto em preto e branco, Hirasaka estava no meio de alguma montanha e sorria.

A única foto que lhe restou.

Hirasaka disse que só ensinou algumas brincadeiras para a criança e, portanto, não contrariou nenhum princípio da natureza. De todo modo, ela evitara o desastre por um triz e se safara.

Seja como for, isso significa que caí como um patinho na conversa fiada dele.

Hirasaka me disse que essa foto em que ele aparece sorridente foi tirada num parque enquanto comia uma batata-doce. A mais severa proibição: alterar de forma significativa o destino de uma pessoa. Como reparação, Hirasaka tivera a totalidade de suas fotos, ou seja, toda a sua memória, queimada. Bem, toda a riqueza que um guia possui são suas lembranças...

— Yama, o chá está pronto — disse Hirasaka do outro cômodo. Sua voz soa, como sempre, gentil.

No momento em que todas as fotos de Hirasaka iam ser queimadas, escondi secretamente só esta que estava no quarto escuro.

Realmente, Hirasaka levara uma existência discreta e banal. Introvertido, não teve muitos amigos. Não teve namorada, era solteiro e sem hobbies. Se existem heróis em jogos, ele seria aquele que perambula pelos cantos apenas para acrescentar colorido à paisagem. Grandes feitos, premiações e medalhas eram coisas distantes de sua vida. Resumindo, uma vida sem brilho. Que havia vivido mas nada conquistara era algo que ele próprio presumira corretamente.

Mas eu o terei sempre em minha memória. Como um herói que salvou uma criança de um destino inexorável.

Hirasaka espiou pela porta.

— Que aconteceu, Yama?

— Nada. Então, vou aí tomar o chá que você preparou. Seu chá é sempre muito gostoso.

E agora, onde florescerá a vida da menina que tirou a foto de Hirasaka? Que tipo de fotos ela deixará de sua vida?

Faço votos que suas experiências sejam tantas e tão maravilhosas a ponto de fazê-la reclamar: "Só uma foto por ano? Mas eu tenho tantas que não consigo escolher apenas uma por ano!"

Num dia de um futuro distante, garota, nós nos veremos outra vez... E que esse futuro seja o mais distante possível.

* * *

As folhas na escadaria de pedra estavam um pouco úmidas, e havia no ar um odor profundo, característico de bosques. Primavera, verão, outono e inverno — dentre as quatro estações, Mitsuru não sabia bem por quê, gostava mais das montanhas de março, quando restava ainda um pouco do frio do inverno.

Subiu a montanha. Não sabia a razão, mas sua mente clareava conforme se aproximava do topo. Seria porque a cada passo chegava mais perto do céu azul?

Dezesseis anos haviam se passado desde aqueles acontecimentos. Tão pequena à época, ela havia crescido e se transformara numa moça forte, levemente incomodada com a própria silhueta. Dia 16 de março, dezesseis anos atrás. Ela ainda hoje se perguntava se agira certo ao dizer "minha mãe está lá dentro" naquele momento crucial. Contudo, caso tivesse dito "não tem mais ninguém", isso também se transformaria em motivo de tormenta para ela. Qualquer que fosse o caminho escolhido, não seria o correto. Achou que isso podia ser alguma travessura de Deus.

Depois do incêndio de origem desconhecida, o tratamento cruel que lhe fora infligido viera à luz e, quando estava quase morrendo, se salvara graças a uma série de coincidências. Essa era a história que correra. A origem do fogo não foi investigada a fundo. Mitsuru apenas dissera que, quando se deu conta, estava no meio de um fogaréu intenso.

Mãe e padrasto tinham não só submetido a filha à violência, surrando-a e chutando-a, como também raspado seu cabelo e a acorrentado pelos pés com algemas chaveadas, além de tê-la mantido por muito tempo na varanda, exposta às intempéries mesmo nos dias mais frios do inverno. A menina se salvara graças a um princípio de incêndio acidental. A condição da menina era de morte iminente, e ela só se salvara graças ao incêndio. À época, a chocante notícia fora veiculada em todos os canais desde a manhã até a noite. Aquela varanda da casa abandonada também foi exibida em close. E, ao ver a casinha de cachorro em frangalhos a um canto, pessoas das mais variadas condições se revoltaram profundamente. Uma delas havia sido entrevistada numa rua da cidade e ficara tão revoltada que chegara a chorar.

Depois do que aconteceu, tanto meu padrasto como minha mãe receberam ordem de prisão imediata, e eu — Mitsuru Yamada — fui criada numa instituição interiorana com minucioso acompanhamento psiquiátrico.

Nunca mais encontrei minha mãe. Decidiu-se também que meu nome seria alterado em vista da grande repercussão que o episódio teve e para evitar identificação pela mídia: Michi. No decorrer dos dezesseis anos, adaptei-me perfeitamente ao meu novo nome. Contudo, penso sempre que o meu verdadeiro nome é Mitsuru.

Mitsuru!

A voz que assim me chama com carinho, assim como a lembrança daquele sonho, já esmaeceu, restando-me apenas uma vaga lembrança.

Mitsuru tinha uma carreira que queria seguir a todo custo. Houve tempos em que duvidara do acerto de sua escolha por causa de seu passado complexo, mas uma parte de si lhe dizia: por isso mesmo.

Educadora infantil. Para isso, diplomara-se em educação infantil e começara a trabalhar numa instituição tradicional cuja história remontava a setenta anos.

Estava longe de ser uma professora experiente e vivia aflita, ora porque cometia erros homéricos por excesso de vontade de acertar, ora porque não conseguia se comunicar direito com determinada criança. Até então, toda vez que se sentia pressionada psicologicamente, ela tinha vontade de subir ao topo da montanha. Sozinha, mochila às costas e uma câmera pendendo enviesada a partir do ombro.

Na oportunidade em que entrara na faculdade e viera a Tóquio, ela não possuía muito dinheiro e se valera de uma loja de recicláveis para adquirir seus móveis. Nessa ocasião ela se deparara casualmente com uma câmera fotográfica. Sentiu-se atraída por ela e acabou comprando-a, embora não tivesse intenção alguma de fazê-lo. Modelo um tanto raro nos dias correntes, precisava de um filme para funcionar. Era uma Nikon F3, e vinha com uma lente GN Nikkor relativamente fina.

Esse conjunto a atraiu e a fez embrenhar-se montanha adentro para fotografar tudo que lhe atraía a atenção. Tocos de árvore, um fruto vermelho que restara solitário num galho, gostava de clicar coisas pequenas e bonitas.

Seu interesse por fotografia aumentou e ela passou a alugar quartos escuros. Perdendo a noção de tempo, trabalhava com a luz vermelha acesa. Ela percebia que as preocupações e as diversas inquietudes pareciam submergir e, aos poucos, sua mente se acalmava.

Tornou a amarrar com força o cabelo que lhe vinha até os ombros e começou a subir a trilha da montanha passo a passo, pisando com firmeza.

Num galho totalmente desfolhado, descobriu uma pequena bolota verde e tirou uma foto. *Aquilo é um visco,* pensou.

Acompanhou com o olhar três pássaros voando juntos no céu azul.

No ar rarefeito, o grito de algum pássaro ecoou agudo. Ela apurou os ouvidos ao eco e parou. Ali estava uma cerejeira florindo discretamente.

Tirou mais uma fotografia com o céu azul ao fundo, de modo a ressaltar o brilho pálido das flores.

A trilha estava macia por causa das folhas mortas que a forravam. À beira do caminho, ela descobriu um cogumelo diferente e resolveu olhá-lo bem de perto. Era um espécime da família das poliporáceas, comumente conhecido como orelha-de-pau.

No cume havia uma rocha achatada, de onde se descortinava uma bela paisagem. Gostava de se sentar nela e tomar seu chá.

Naquele dia, porém, alguém a precedera. Um garoto de seus quinze ou dezesseis anos.

Quando Mitsuru galgou a rocha, o garoto lhe fez uma leve reverência educada e foi se sentar numa ponta da pedra. Aquecida ao sol, a pedra era agradável no contato com as nádegas.

Acomodados em extremos opostos da pedra, ambos permaneceram em silêncio por momentos, levemente constrangidos. Havia algo prazeroso no ar.

— Bom dia — disse Mitsuru, tentando uma aproximação.

— ...dia — respondeu o garoto em voz baixa.

Ao continuar a conversar com ele, descobriu que o garoto morava nas proximidades e cursava o terceiro ano do ensino intermediário. Acabara de ser aprovado no exame de admissão ao ensino médio na escola que almejara e começaria a cursar o colegial na primavera.

Mitsuru vasculhou o fundo de sua mochila e dela tirou um saco de papel.

— Olha. É batata-doce assada. Você quer um pedaço? — perguntou.

Depois de uma breve hesitação, o garoto sorriu e disse:

— Aceito.

Mitsuru partiu a batata ao meio e comeram.

O garoto comendo a batata assada sentado à rocha lhe pareceu compor um quadro interessante, de modo que ela resolveu pedir:

— Sabe, a fotografia é o meu hobby. Será que posso tirar uma foto sua?

— Como? Ah, mas... eu... — disse o garoto, titubeante. — A acne ainda não sarou...

Ele parecia perdido, sem saber como se apresentar.

— Fique comendo a batata. E, quando você menos esperar, já tirei a foto.

— Ah, então está bem — disse o garoto, desviando o olhar da câmera.

Sorrindo, Mitsuru enquadrou o garoto no visor.

Já sei. "Garoto comendo batata no cume da montanha" vai ser o título desta.

Mitsuru ficara parada enquanto contemplava o menino através da objetiva.

— Hum... Já tirou a foto?

A voz fez com que ela voltasse a si com um sobressalto. Sem que percebesse, o garoto já havia acabado de comer a batata.

Algo se agitava em seu íntimo. O que seria?

Um calor agradável, repleto de nostalgia.

— Você sempre vem sozinho a este lugar? — perguntou, e o menino respondeu:

— Só de vez em quando.

— Quando lhe acontece alguma coisa, por exemplo?

Com um sorriso acanhado, o garoto meneou a cabeça em concordância.

— Eu também faço isso — disse Mitsuru.

A brisa suave a fez apertar um pouco os olhos. A floresta uivava baixinho.

Tomou o chá de sua garrafa térmica. Para além do vapor se descortinava uma longínqua cadeia de montanhas. O garoto também parecia apreciar a calma paisagem que se abria a seus pés. E tomava o chá de sua garrafa.

— A vista a partir deste ponto é bonita, não é?

— Sim.

— Acho que tem eco por aqui. Quando a gente grita bem alto "aaah!", parece que isso nos traz uma grande calma.

O garoto concordou com outro aceno.

Quando a tristeza e a ansiedade parecem esmagar você.

Grite!

Foi o que ele me ensinou.

A esperança.

Levante-se tantas vezes quantas forem necessárias. Erga a voz contra a irracionalidade do mundo.

Grite, Mitsuru!

Mitsuru se ergueu e levou as mãos em concha à boca. Contemplou o verde que se espraiava abaixo, inspirou e encheu os pulmões até não mais poder.

Este livro foi composto na tipografia Arno Pro,
em corpo 12/15,75, e impresso em
papel off-white no Sistema Cameron da
Divisão Gráfica da Distribuidora Record.